FOLIO JUNIOR

Je remercie Mary Pope Osborne et Ron Savage de m'avoir fait partager l'existence d'une famille de militaires à travers leurs souvenirs d'enfance. Je voudrais également exprimer mes remerciements à Solomon Kaulukukui, Jr., qui a toujours répondu avec patience et bonne humeur à mes nombreuses questions sur la vie à Hawaii.

Titre original : *A Boy at War*
Édition originale publiée par Simon & Schuster, New York, 2001

Harry Mazer

SOUDAIN, LA GUERRE...

Traduit de l'américain
par Agnès Piganiol

FOLIO JUNIOR/**GALLIMARD** JEUNESSE

Pour mon fils, Joe

Personne, quel que soit son âge, ne revient de la guerre sans être devenu adulte.

Samuel Hynes,
Flights of Passage : Reflections of a WWII Aviator

Chapitre 1

– Laisse-moi là, maman, dit Adam juste avant d'arriver au lycée.

– Pourquoi ? Ça ne me dérange pas de t'accompagner.

– Maman ! Je ne suis plus un gamin…

Adam ne cachait pas son impatience. Il était déjà assez ennuyé de s'inscrire en novembre et d'avoir manqué la moitié du trimestre.

– Là, dit-il. Dépose-moi là !

Et il sauta de la voiture.

Le temps de tout régler au secrétariat, la première heure de la matinée avait commencé. Le professeur en était au milieu de son cours. Adam resta debout devant la classe pendant que M. Handler l'interrogeait.

– D'où viens-tu, Adam ?

– De nulle part.

Il s'efforçait simplement d'être exact, mais sa réponse parut insolente.

– De nulle part ? Je ne connais pas cette ville.

– Mon père est militaire, expliqua-t-il.

– Où ça ? A Pearl Harbor ? Hickman Field ? Fort Knox ?

– En Amérique, précisa Adam avec raideur. Les États-Unis d'Amérique.

Il regretta aussitôt ses paroles. Une fois encore, cela sonnait faux. C'était beaucoup trop patriotique. Pour un peu, on aurait cru qu'il allait se mettre au garde-à-vous et saluer le drapeau américain suspendu dans un coin de la salle.

– Ah, en Amérique. Nous sommes tous américains ici, fit remarquer le professeur en le fixant d'un regard désapprobateur. Les îles Hawaii ne sont encore qu'un territoire des États-Unis, mais nous sommes américains, et nous serons bientôt un État. Maintenant, réponds à ma question. Ta ville natale, ton lieu d'origine, s'il te plaît.

Il n'avait pas de ville natale. Il avait grandi dans l'armée, et dans l'armée on bougeait tout le temps. Sa famille et lui avaient vécu un peu partout et, quel que soit l'endroit, c'était toujours l'armée. Une base militaire : voilà sa ville natale.

Enfin tout cela était trop compliqué à expliquer. Mieux valait dire : « Je suis d'Adams Center, dans l'État de New York. » Ce n'était pas la vérité, mais pas vraiment un mensonge non plus. Son grand-père Pelko avait une ferme là-bas, où ils allaient parfois, et ils lui avaient rendu visite juste avant d'être envoyés à Hawaii.

– Adams Center, et ton nom est Adam ? Tu te moques de moi ou quoi ? ironisa M. Handler. Tu te crois drôle peut-être ?

– Non, monsieur.

Tandis qu'Adam lorgnait une place vide au fond de la classe, le professeur se dirigea vers le tableau et déroula une carte des États-Unis.

– Montre-nous où est Adams Center, *Adam*.

Adams Center ne figurait pas sur la carte, ni Watertown, la ville la plus proche.

– Je ne trouve pas. (Sûr qu'avec ce genre de réponses, il n'allait pas passer pour une lumière.) C'est un endroit minuscule… à côté de ça, précisa-t-il en montrant le lac Ontario du doigt.

– Un endroit minuscule près d'un grand lac, reprit le professeur. Combien de grands lacs y a-t-il, les enfants ? Qui sait leurs noms ?

Adam les connaissait mais il en avait assez des questions.

Un garçon qui semblait dormir, la tête posée sur son bureau, leva la main.

– Davi ? fit M. Handler.

L'élève se redressa. Il avait une épaisse crinière noire et l'air vaguement hébété comme s'il venait juste de se réveiller.

« Japonais ou peut-être chinois, se dit Adam,

quelque chose dans ce genre. Ou alors hawaiien. » Il avait lu quelques livres sur Hawaii. On y trouvait des gens de toutes les origines – des Chinois, des Japonais, des Philippins, des Portugais – et ils étaient tous mélangés. Mais les Japonais étaient les plus nombreux.

– Il y a cinq lacs, dit Davi en montrant ses cinq doigts.

Puis il les énuméra d'une voix traînante comme si cet exercice l'ennuyait profondément :

– Le lac Ontario, le lac Érié, le lac Michigan, le lac Huron et le lac Supérieur.

– Grosse tête, lança quelqu'un.

Davi se retourna.

– C'est mieux d'avoir une grosse tête que de ne pas en avoir du tout.

– Silence !... Adam, peux-tu nous parler d'Adams Center ?

Le garçon avait commencé à s'avancer vers le fond de la classe.

– Là-bas, il neige beaucoup, répondit-il.

Chapitre 2

Sur la route d'Aiea, Adam essuya deux averses. De gros nuages surgirent de derrière la chaîne volcanique des Koolau et des pluies diluviennes s'abattirent sur les pentes escarpées de la montagne. Des gerbes d'eau giclaient sous les roues de son vélo. Il aurait pu chercher un abri, mais il lui tardait d'arriver à Aiea. Il attendait son père, parti depuis dix jours pour une croisière d'entraînement, et il voulait voir si son navire était rentré au port.

La pluie cessa aussi rapidement qu'elle avait commencé et le ciel s'éclaircit à nouveau. Adam fut sec en quelques minutes. Il n'avait jamais vu cela auparavant. Pour lui, novembre était le mois de la neige et des journées sans soleil, mais à Hawaii le soleil brillait même lorsqu'il pleuvait.

Il aimait bien Hawaii. Ils n'y habitaient que depuis deux semaines et pourtant il s'y plaisait déjà. L'avantage, quand on était fils de militaire c'est qu'on s'adaptait partout. Une année, ils avaient déménagé quatre fois. Finalement, ce n'était pas désagréable.

« Engagez-vous dans la marine et découvrez le monde », proclamaient les affiches, et elles disaient vrai. La preuve, c'est qu'ils étaient au cœur de l'océan Pacifique, à trois mille kilomètres des États-Unis, sur l'île d'Oahu, dans la ville d'Honolulu [1], à côté de Pearl Harbor, la plus grande base navale américaine du Pacifique.

Il avait vite appris tout ce qu'il devait savoir sur leur nouveau lieu de résidence : ça, c'était la partie facile du déménagement. Le plus dur, c'était de se faire des amis. A Roosevelt High, pour la première fois, il se trouvait dans une école civile, et il avait déjà compris que les enfants de civils n'aimaient pas beaucoup ceux des militaires. Mais comme il était bon en sport et d'un caractère plutôt facile, il avait réussi à se faire accepter et, au moins, il ne restait pas seul dans son coin. Il regrettait, toutefois, de n'avoir pas de véritable ami.

Plus jeune, il avait toujours fréquenté les écoles de la base où tous les élèves étaient fils de marins. Habitués, comme lui, aux changements et à l'armée, ils savaient qu'on ne se liait pas avec les

1. Voir plan du centre-ville d'Honolulu p. 149.

enfants dont les pères étaient d'un grade inférieur à celui du vôtre. Ce n'était pas une règle écrite, mais c'était une règle quand même. Les enfants se conformaient tous aux usages militaires, à l'image de leur père. Eux aussi faisaient partie de l'armée, même s'ils ne portaient pas l'uniforme.

Quand le lieutenant Pelko rentrerait, il demanderait à son fils si tout se passait bien au lycée. Et Adam répondrait comme toujours : « Très bien. » Son père ne supportait pas les geignards. Il avait coutume de répéter : « Adam, tu dois prendre les cartes qu'on te donne. L'important, c'est la manière dont tu joues. »

Kamehameha Highway qui menait à Aiea était une route à deux voies toute en montées et descentes. Arrivé à l'usine de sucre, Adam bifurqua vers l'arrière du bâtiment d'où l'on pouvait voir l'ensemble du port. Il était déjà venu dans cet endroit et il aimait bien le paysage : la rade de Pearl Harbor avec l'île Ford au centre, les collines verdoyantes plantées de cannes à sucre à l'arrière-plan et, en toile de fond, la chaîne des Waianae.

Le port était plein de navires : des sous-marins, des croiseurs, des destroyers. On apercevait, sur l'île Ford, les gros patrouilleurs PBY de la base aéronavale et des cuirassés amarrés deux par deux le long de la côte, toute une rangée de cuirassés, parmi lesquels il chercha celui de son père, l'*Arizona.* Il savait où il mouillait habituellement et, en effet, il était là, pavillons au vent.

Debout, à cheval sur son vélo, Adam fit le salut militaire. Un geste instinctif… Une réaction un peu bébête, sans doute, mais il était vraiment heureux de voir le navire de son père. Beaucoup de choses un peu bêtes avaient leur importance, surtout dans l'armée, par exemple la manie de l'astiquage. Adam en savait quelque chose. Il était souvent monté à bord de l'*Arizona* avec sa mère et sa sœur, les jours de visite. Chaque fois, c'était le même rituel : les officiers et l'équipage en uniforme blanc se mettaient au garde-à-vous sous les canons géants tandis que résonnait la fanfare. Ensuite, on avait droit à des films et à des glaces sur la dunette, à l'arrière du bateau, et son père lui faisait faire le tour du cuirassé. Mais Adam était gêné lorsqu'il le présentait aux officiers comme « un futur marin ».

De son poste d'observation, il regarda une vedette quitter l'*Arizona* et traverser la baie en direction de l'arsenal et des grands docks. Le bateau, suivi d'un long sillage d'écume, était chargé d'hommes à casquettes blanches qu'il ramenait à terre pour leur permission. Son père était peut-être parmi eux, à moins qu'il ne fût déjà à la maison. Les officiers pouvaient séjourner dans leurs foyers tant que le bateau restait au port.

Adam se dit alors qu'il était temps de rentrer. Il enfourcha son vélo et reprit la route d'Honolulu en pédalant de toutes ses forces. Il se réjouissait de revoir son père mais ces retrouvailles le rendaient toujours un peu nerveux. Le lieutenant Pelko aimait que toute la maisonnée soit là à son arrivée, comme un équipage qui se met en rangs pour accueillir son capitaine, et ce n'était pas le moment d'être en retard. Il lui restait bien une heure de route jusqu'à chez lui. Il ne fallait donc pas traîner.

Chapitre 3

– Papa est là ! cria Béa.

Ils étaient tous dans le jardin. Sa mère portait une robe de soie et une fleur rose dans les cheveux. Son père, pieds nus, paressait sur une chaise longue dans son uniforme blanc à col montant orné d'une rangée de boutons brillants.

– Papa, dit Adam, en faisant le salut militaire, sachant que son père aimait ça.

– Tes cheveux !

– Pardon, capitaine.

Il repoussa rapidement sa mèche rebelle, certain qu'une seconde après elle allait retomber. Il n'avait pas du tout les cheveux de son père, qui étaient blonds, ondulés et toujours impeccables. Les siens, au contraire, étaient bruns et indisciplinés et, en temps normal, il ne s'en souciait jamais.

Mais, lorsque son père était à la maison, rien n'était plus pareil. Adam sentait à chaque instant le poids de sa présence. Non pas qu'il se montrât particulièrement exigeant ou donnât des ordres à tout bout de champ, simplement, il était là et ça changeait tout.

– Dix jours, et regarde-le, fit remarquer le lieutenant à sa femme avec un air satisfait.

Bien qu'il ne fût pas grand, le père d'Adam en imposait, notamment par sa voix.

– Qu'est-ce que tu lui as donné à manger, Marilyn ?

– C'est vrai, je ne m'en étais pas aperçue, mais tu as raison. Il a grandi, n'est-ce pas ?

Béa se tenait accroupie devant son père dont elle examinait les doigts de pied.

– Remue tes orteils, papa. Fais les cinq petits marins.

La fillette adorait cette histoire et touchait chaque doigt au fur et à mesure que son père les énumérait.

– Le plus grand, c'est Rip. Ensuite il y a Lip. Puis Chip, Hip et le tout petit…

– Bip ! fit Béa. Maintenant les filles !

– Cinq petites mignonnes : Suzie, la plus grande, puis Doozie, Choozie, Bloozie, et…

– Béa ! Moi ! s'écria-t-elle. Après, elles se marient… Allez, la suite, papa ! A toute vitesse !

– Rip avec Suzie, Lip avec Doozie, Chip avec Choozie, Hip avec Bloozie, et Bip avec…

– Moi ! hurla-t-elle.

Tout le monde rit. La mère d'Adam se retira un instant à la cuisine pour préparer une carafe de citronnade, et M. Pelko en profita pour poser quelques questions à son fils :

– Comment ça marche au lycée ?

– Ça va.

– Tu te fais des amis ?

– Oui, bien sûr.

– Dans le civil, les écoles sont différentes, hein ?

– Oui, mais ça va.

Puis le lieutenant prit sa fille dans ses bras et lui fit faire le tour du jardin au pas de marche.

– Tu m'imagines comme ça, pieds nus sur mon bateau, Béa ? A ton avis, que diraient mes hommes ?

– Pas de pieds nus dans la marine, papa. C'est contraire au règlement.

– Papa, est-ce que je peux avoir les clés de la voiture ? demanda Adam, voyant son père de si bonne humeur.

– Pour quoi faire ?

– Pour m'entraîner à conduire.

– Depuis quand prends-tu la voiture ?

– Oh, je fais juste le tour de la maison, dit-il.

Il n'y avait jamais de circulation dans ce quartier et sa mère l'avait laissé conduire plusieurs fois en l'absence de son père.

– On ne conduit pas seul avant d'avoir le permis.

– Je ne vais pas loin, papa, je t'assure. Je fais juste quelques allers et retours dans la rue à côté.

– Non, pas question.

Mais un moment plus tard – il était vraiment de bonne humeur –, il revint sur sa décision.

– Bon, d'accord, va chercher les clés et voyons ce que tu sais faire.

Adam s'installa au volant et son père prit place à côté de lui.

– Mets toujours au point mort avant de démarrer.

Il acquiesça d'un signe de tête et tourna la clé de contact. Les aiguilles des jauges indiquèrent les niveaux – essence, température, huile et charge électrique. Il tira le starter.

– Pas besoin de starter.

– Je croyais...

– Je viens d'arriver. Le moteur est encore chaud.

– Ah oui, c'est vrai, fit Adam en repoussant le starter.

Il savait bien, pourtant, qu'on ne l'utilisait que si le moteur était froid. Pourquoi l'avait-il oublié ?

Il fit d'autres erreurs en conduisant. D'habitude, il s'en tirait beaucoup mieux. Cette fois, il relâchait trop vite l'embrayage ou n'appuyait pas assez sur l'accélérateur et la voiture avançait par à-coups.

– Allez, un peu de nerf, cow-boy !

Son père gardait sa bonne humeur alors qu'il accumulait les maladresses. Il cala deux ou trois fois et, pour finir, recula dans la haie d'hibiscus du voisin.

– Ho ! stop ! ordonna son père.

Adam ramena la voiture devant la maison. Il était épuisé et n'avait plus du tout envie de conduire.

– Bien, conclut son père en reprenant les clés. Tu as compris l'essentiel. Encore un peu de pratique sur certains points de détail et ça ira.

– Merci, papa, répondit Adam, qui s'attendait à des reproches.

Là-dessus, il se réfugia dans sa chambre et s'affala sur son lit.

Chapitre 4

– Hé, Bonhomme de neige !

C’était Davi Mori, la grosse tête, le garçon à l’air endormi. Ils étaient dans la même classe pour certains cours et, chaque fois qu’il le voyait, il l’appelait Bonhomme de neige. Adam ne savait pas trop à quoi s’en tenir avec lui. Peut-être cherchait-il à devenir son ami, mais il semblait n’avoir qu’un sujet de conversation : la neige. Et voilà qu’il recommençait !

– C’est très froid, la neige ? demanda-t-il. Si tu en prends une poignée, combien de temps met-elle à fondre ? Quelle épaisseur peut atteindre une couche de neige ?

Adam leva la main le plus haut possible au-dessus de sa tête.

– Tu me fais marcher !

– Crois-moi ou non, ça m’est égal. Si je te dis trois mètres, tu me crois ?

– Et pour sortir de chez toi, tu te débrouillais comment alors ?

– Par les fenêtres du haut.

– T'es un sacré menteur, *haole* [1] ! conclut Davi.

Et il s'en alla.

Plus tard dans la journée, Adam le croisa à nouveau. Ou plutôt, il lui rentra dedans, dans le hall du lycée.

– Dégage de là, *haole*, lança Davi en fonçant sans s'arrêter.

– C'est comme ça qu'on se fait des amis à Hawaii ? lui cria Adam.

Davi revint aussitôt sur ses pas et se mit en garde, prêt à se battre. Adam était plus grand et plus costaud que lui.

– Tu prends des risques, dit Adam.

– Tu as la trouille ?

Et il lui donna un coup de poing, comme ça, sans prévenir. Un sacré coup. Adam se frotta l'épaule.

– Hé, t'es malade ou quoi ?

Normalement on ne devait jamais montrer à l'adversaire qu'il vous avait fait mal mais, après tout, il s'en fichait. Il commençait à s'éloigner quand Davi lui barra le chemin.

– Frappe-moi, dit-il en lui présentant son épaule.

1. Nom donné aux Blancs à Hawaii.

C'est ton tour maintenant. Vas-y, cogne ! Le plus fort que tu peux.

Le père d'Adam disait toujours que pour bien porter un coup, il fallait y aller à fond. « Tu dois frapper ton adversaire comme si tu voulais le faire passer à travers le mur. »

Il tapa de toutes ses forces. Davi encaissa sans broncher, puis haussa les épaules comme si de rien n'était.

– C'est pas des muscles que t'as, c'est de la guimauve !

Cet épisode marqua le début d'une sorte d'amitié entre les deux garçons, enfin si l'on peut dire, car leurs rencontres se traduisaient le plus souvent par un échange d'insultes et de coups de poing.

Au début du mois de décembre, Adam eut une nouvelle surprise. C'était un vendredi, tout le monde était réuni dans le préau. Davi était sur l'estrade et lisait devant toute l'école la dissertation qui lui avait valu le prix de la Légion américaine, sur le thème « Je suis fier d'être américain ». Il était là, tranquille, s'exprimant d'une voix claire et forte face à un public admiratif. A la fin, un représentant de la Légion américaine lui remit solennellement un chèque de dix dollars.

Assis au dernier rang, Adam n'en perdit pas une miette et, tout en essayant de ne pas se laisser impressionner, il dut reconnaître qu'en aucun cas il ne se serait vu à la place de Davi. Sans compter que sa dissertation était vraiment bonne.

Plus tard dans l'après-midi, au laboratoire de biologie où ils disséquaient des grenouilles, Adam le félicita… Enfin, à sa manière…

– Tu as de la voix, dis donc ! lui lança-t-il. Tu n'as jamais pensé à faire gardien de cochons comme métier ?

La riposte fut instantanée. Davi se jeta sur Adam qui esquiva l'attaque en se baissant. Trop heureux d'avoir trouvé une occasion de chahuter, ils en oublièrent leurs grenouilles. Jusqu'à ce que le professeur, exaspéré, les envoie chacun à un bout de la pièce.

Chapitre 5

– Regarde, dit Béa en brandissant une peluche. Nounours, dis bonjour à Adam.

On était samedi matin. Béa, qui dormait dans une alcôve dans un coin de la chambre de leurs parents, était venue s'asseoir sur le lit de son grand frère. La chambre d'Adam donnait sur la cuisine. Des maquettes d'avion, suspendues au plafond, oscillaient doucement au-dessus de leurs têtes.

– Nounours veut que tu lui fasses un bisou, insista Béa en fourrant sa peluche sous le nez de son frère.

Il posa l'avion qu'il était en train de manœuvrer et donna à l'ours un gros baiser sonore.

– Arrête, fit-elle en lui pinçant le nez. On joue ?

– D'accord, fillette. Tiens, prends ça, dit-il en lui confiant son dernier avion de chasse japonais. C'est un Zéro. On va simuler un combat d'avions de chasse.

– Je n'aime pas la chasse.

– Ce n'est pas de la chasse. Ce sont des avions

qui se tirent dessus comme à la guerre. Je te montre comment on joue : toi, tu es là-haut dans le ciel et tu t'apprêtes à piquer sur mon avion, mais je ne peux te voir qu'à la dernière minute parce que j'ai le soleil en face. Et puis tu arrives et tu me tires dessus.

– On ne tire pas sur son frère !

– Mais ce n'est qu'un jeu. Fais comme si tu voulais me tirer dessus, ordonna-t-il en l'aidant à mettre son avion en position d'attaque au-dessus du sien.

– Je sais, répliqua-t-elle en repoussant sa main. Tu n'as pas besoin de me montrer. Tac ! tac ! tac ! tac !

– Bien ! Maintenant, regarde…Tu vois, là, tu es derrière moi, tout près de la queue de mon avion ? Ça se présente plutôt mal pour moi, mais attention…

Il fit descendre son Corsair bleu marine en piqué puis remonta pour attaquer l'avion de Béa par en dessous.

– Tu as vu ça ? J'ai fait exploser ton avion en mille morceaux.

– C'est pas vrai, protesta sa sœur en levant son avion en l'air d'un geste triomphal. Tu vois, tu m'as ratée.

– O.K., maintenant interrogation, dit-il. Qu'est-ce que le Punchbowl ?

– C’est là où nous habitons.

– Sais-tu que c’est un volcan…

– … éteint ! Oui, je le sais.

– Sais-tu que tout l’archipel d’Hawaii est constitué de volcans éteints qui sont sortis de l’océan ?

– Tu me l’as déjà dit, répondit-elle en bâillant, la main devant sa bouche. Je m’ennuie !

Adam prit alors un avion avec des ailes à bouts carrés.

– Quel est le nom de cet avion ?

– Comment veux-tu que je le sache ?… C’est pas juste !

– Grumman Wildcat. C’est un avion de chasse de la marine. Et celui-ci, à côté, est un Curtiss P40. C’est l’avion de chasse de l’armée, et celui-là un Messerschmitt allemand Me 109.

– Lequel est le meilleur ?

– Les avions américains sont toujours les meilleurs.

– On gagne toujours, alors, conclut Béa.

– Coucou ! Y a quelqu’un ? demanda leur mère en jetant un coup d’œil dans la chambre. C’est l’heure du petit déjeuner.

– On joue aux avions de chasse, dit Béa. Tac ! tac ! tac ! tac ! J’ai gagné, maman.

– C’est vraiment l’heure du petit déjeuner, maman ? demanda Adam.

– Largement ! C’est même bientôt l’heure du

déjeuner. Allez ! Branle-bas du matin ! Matelot, préparez cette couchette pour l'inspection !

Quand leur père était là, la maison se transformait en bateau. Les planchers devenaient des ponts, les lits des couchettes, les fenêtres des hublots, la cuisine la coquerie et si Adam mentionnait les toilettes, son père le reprenait aussitôt : « Je pense que tu veux dire les poulaines. »

– Si ton père voit ce désordre, attends-toi à un sermon, l'avertit sa mère.

– Et peut-être à un coup de pied aux fesses, ajouta Béa, toujours assise sur le lit de son frère. Et tu vas pleurer comme une madeleine.

– Je te rappelle, fillette, que les garçons ne pleurent pas.

Il souleva sa petite sœur, la déposa par terre et fit son lit selon les règles, façon marine, c'est-à-dire au carré, couvertures et draps impeccablement tendus. Comme son père dormait encore, sa mère se chargerait de l'inspection – c'était leur rituel du samedi matin, même quand son père n'était pas là.

Quand Adam fut prêt, il la fit entrer et attendit près de la porte. Rien n'échappait au regard de sa mère et elle trouvait toujours un endroit qu'il avait oublié d'épousseter. Cette fois, c'était l'étagère du placard. Son père était encore plus exigeant. Lorsqu'il inspectait sa chambre, il jetait une pièce de monnaie sur le lit et, si elle ne rebondissait pas assez haut pour qu'il puisse l'attraper, Adam devait refaire son lit entièrement.

L'inspection terminée, Adam essuya l'étagère, et sa mère l'interrogea en prenant une grosse voix, censée imiter celle de son père :

– Êtes-vous content d'avoir une chambre à vous, matelot ?

– Oui, capitaine, très content !

– A votre âge, marin, je n'avais pas de chambre à moi.

– Je le sais, capitaine.

Sa mère, que ce petit jeu amusait, se tenait au garde-à-vous.

– Pour Noël, je ne recevais qu'une paire de chaussettes en laine rouge. Pas de maquettes d'avion ni de vélo de course.

– Je le sais, capitaine !

– Êtes-vous reconnaissant de ce que vous avez ?

– Oui, capitaine ! Je sais que j'ai bien de la chance. Et que je dois faire honneur à ma famille. Oui, capitaine, je suis un garçon reconnaissant.

– Est-ce que vous vous moquez de moi, matelot ?

– Oui, capitaine !

– Ça vous vaudra six mois de corvée de cuisine, matelot.

Dans la cuisine, quelques minutes plus tard, sa mère déposa sur la table la boîte de corn-flakes, un bol et une banane. Koniko, leur femme de ménage japonaise, ne travaillait pas le week-end, mais elle devait venir plus tard pour garder Béa pendant qu'Adam et ses parents iraient au cinéma.

– J'aimerais de la *jelly* [1], s'il te plaît, maman, dit Béa qui jouait par terre avec son ours.

– Comment était papa à mon âge ? demanda Adam à sa mère tout en épluchant sa banane.

– Ses parents étaient fermiers et pour lui la vie était très dure. Quand le travail l'exigeait, il se levait à cinq heures du matin pour donner un coup de main avant d'aller à l'école. Il était l'aîné de la famille et ton grand-père avait besoin de lui à la ferme car, avec un seul bras, il ne pouvait pas faire grand-chose.

Le grand-père d'Adam avait perdu un bras au service de l'armée austro-hongroise pendant la Première Guerre mondiale. Il ne lui restait plus qu'un moignon qui s'arrêtait au-dessous du coude. Habituellement, il le recouvrait d'une chaussette, mais il s'amusait parfois à faire peur à Adam en agitant son moignon nu sous son nez.

– Papa s'est enfui de chez lui, n'est-ce pas ?

Adam connaissait la réponse, mais il ne se lassait pas d'entendre cette histoire. Cet épisode de la

1. Gelée transparente, parfumée aux fruits et servie comme dessert.

vie de son père le fascinait plus que tout. Comment cet homme, si discipliné, si sérieux, si carré, avait-il un jour osé quitter sa famille et s'en aller sur les routes ? Il avait quatorze ans, comme lui. Adam y pensait souvent et admirait son courage.

Sa mère vida le contenu du paquet de *jelly* dans un bol.

– Oui, ton père s'est enfui de chez lui. Mais ce n'était pas un mauvais garçon. Il s'est engagé dans la marine…

– … et il a menti sur son âge.

– Ton père ne ment pas ! Je n'aime pas la façon dont tu as dit ça, Adam.

– Pardon.

– Ce n'était pas un vrai mensonge, reprit-elle en versant de l'eau bouillante sur la *jelly*. Il voulait entrer dans la marine. L'existence vous impose parfois des choix. Nous ne savons pas à quel point sa vie était dure, Adam. On ne peut même pas l'imaginer. Il a dû travailler comme un homme dès l'âge de huit ans. Tu ne connaîtras jamais les mêmes difficultés. Et ce qu'il a accompli, la position d'autorité et de responsabilité à laquelle il est arrivé, tout ce qu'il a réussi, il ne le doit qu'à lui-même. Il est parti de rien… Ton père, je ne le dirai jamais assez, est vraiment un homme admirable.

– Peut-être même qu'il deviendra un *admirable* amiral, un jour.

C'était un jeu de mots un peu facile, mais trop tentant. En fait, Adam était d'accord avec sa mère : son père était réellement admirable mais, d'une certaine manière, ça l'effrayait. Il se demandait s'il serait jamais à la hauteur. Pourrait-il un jour réaliser seulement la moitié de ce que son père avait fait ?

Si sa mère avait compris le jeu de mots, elle n'en laissa rien paraître. Elle remplit à nouveau la bouilloire et reprit :

– Il se pourrait qu'il y ait une guerre…

– Une guerre contre le Japon ?

– Oui, soupira-t-elle. Personne ne le souhaite, mais…

– Papa le souhaite.

– Que veux-tu dire par là ? Comment peux-tu affirmer une chose pareille, Adam ?

– Je veux dire que c'est son métier, maman. C'est le but de tous ces exercices d'entraînement. Ne t'inquiète pas, on est prêts à affronter l'ennemi.

– Prêts, peut-être, mais la guerre, c'est différent.

– Tu n'as pas de souci à te faire, maman. Il n'y a rien de plus sûr qu'un cuirassé. Si la guerre éclate, papa s'en sortira.

Il fit mine de tirer au pistolet. La guerre avait un côté excitant. C'était l'action, les bateaux, les avions, les fusils… C'était se montrer plus rapide et plus malin que l'ennemi… C'était défendre son pays.

– Papa dit que toutes ces discussions à Washington sont une perte de temps. Les Japs veulent nous chasser du Pacifique, mais s'ils essaient, nous allons leur flanquer une raclée.

– Ne dis pas « Japs », rectifia sa mère. C'est vulgaire.

– Excuse-moi, maman.

Adam déposa son bol dans l'évier. Il espérait juste que, si la guerre éclatait, elle ne se terminerait pas trop vite.

– Je sors, annonça-t-il.

– Va d'abord me chercher des papayes.

Il aimait bien aller dans le jardin le matin. L'herbe encore humide lui chatouillait les pieds. Les buissons étaient en fleurs, bien qu'on fût en décembre, et l'air était plein de parfums d'été et de chants d'oiseaux. Un affreux crapaud somnolait sous le papayer.

– Va-t'en, vieux fossile, ordonna Adam en le poussant du bout du pied, et le crapaud s'éloigna en sautant.

Il cueillit quelques papayes et les rapporta à sa mère.

– Je serai de retour à six heures.

– Où vas-tu ?

Où allait-il ?… Aucune idée.
– Je vais juste me balader.
– Rentre à l’heure. Tu connais ton père.
– Ne t’en fais pas, maman, je serai là.

Chapitre 6

Debout sur les pédales de sa bicyclette, Adam roulait à vive allure. Les palmiers et les pins formaient un long tunnel de verdure au-dessus de la route, bordée de jardins fleuris. Rien ne l'obligeait à se presser – personne à aller voir, pas d'ami, pas de match à disputer – mais l'exercice lui faisait du bien.

Il prit Punchbowl Street, passa devant le palais Iolani, résidence des rois et reines d'Hawaii, et devant la statue de Kamehameha le Grand, un général hawaiien qui avait unifié les îles plus d'un siècle auparavant. Il traversa le centre-ville en direction de l'embarcadère puis longea le rivage.

Un enchevêtrement de petites maisons plantées à même le sable s'étalait en bordure de l'océan : des constructions décolorées et comme écrasées par le soleil, avec des ruelles étroites où des voitures étaient garées n'importe comment.

Le vent soufflait en bourrasques sous un ciel

sans nuages et des vagues d'écume déferlaient sur le rivage. Adam apercevait au loin des sampans et des bateaux de pêche asiatiques. Une petite marchande de fleurs japonaise allait de porte en porte en criant d'une voix chantante :

– Qui veut des fleurs ? Qui veut des fleurs ?

Il poussa sa bicyclette jusqu'au bord de l'eau. La plage était presque déserte. Il était tout près du Royal Hawaiian Hotel, non loin du Moana et du Halekulani, où ses parents allaient parfois danser.

Soudain, une bande de garçons déboula d'un chemin, les uns à vélo, les autres en courant. Ils se faisaient des passes avec un ballon.

Adam aurait volontiers joué avec eux, mais c'étaient tous des Hawaiiens et il ne les connaissait pas. Puis une voix cria :

– *Haole* !

C'était Davi, pieds nus et vêtu d'un vieux pantalon et d'une chemise à fleurs comme on en porte à Hawaii.

– Hé, *haole* ! Tu veux jouer ?

Adam hésita. Il était content de le voir mais il n'aimait pas trop quand il l'appelait *haole.*

– On a besoin d'un joueur supplémentaire, expliqua Davi.

– A quoi vous jouez ?

– Au football... et voilà le ballon ! dit-il en lui lançant une noix de coco.

– Ah, alors c'est du cocoball.

Davi sourit.

– Je vous présente mon ami Adam. Il sera dans mon équipe.

Le capitaine de l'équipe adverse était un grand brun nommé Martin Kahahawai – pas très commode visiblement.

– Un *haole* ? Pour quoi faire ? T'es pas capable de te débrouiller sans lui ?

– Vous êtes cinq dans ton équipe. Maintenant, nous aussi.

Ils tracèrent les lignes de fond dans le sable, puis les lignes de touche.

– On va s'appeler… les Requins, décréta Davi.

– Hé, protesta Martin, les requins, c'est hawaiien.

– Et alors ?

– Tu es japonais.

– Et toi, tu es débile… Tu peux te les garder tes Requins ! (Davi se tourna vers les autres.) Faut qu'on trouve un nom, vite !

– Euh…

– Mmmmm…

– Ahhh…

– Les Barracudas, proposa un petit maigrichon nommé Joseph.

– Les Serpents à sonnette.

– Les Chats sauvages, suggéra Adam.

– Les Chats sauvages ? répéta Davi.
– Comme le F4F [1], l'avion de chasse.
Davi n'était pas convaincu.
– Moi, je te parie que les requins mangent des chats sauvages pour leur petit déjeuner, fit alors remarquer Martin.
Davi releva le défi.
– O.K., on est les Chats sauvages.
L'équipe de Davi eut la noix de coco pour commencer. Pendant la partie, les garçons se parlaient et s'observaient entre eux mais n'adressaient jamais la parole à Adam. Ils ne le regardaient même pas. Davi était le stratège. Il fit une feinte à gauche, puis courut vers la droite, dépassa toute l'équipe des Requins, et arriva ainsi jusqu'à la ligne de fond.
– Hé, les Requins, vous avez un problème ? demanda-t-il.
Mais, maintenant, ils avaient repris la noix de coco.
– Martin va la garder, dit Davi. Faut pas le lâcher.
– Et s'il fait une passe ? demanda Adam.
– Aucun risque, tu vas voir.
Martin courait sans se presser, avec la lenteur d'un camion en première vitesse, mais il avait une

1. Adam fait référence à l'avion de chasse américain, le Grumman F4F Wildcat. Or, en anglais, *wildcat* signifie « chat sauvage ».

façon bien à lui d'utiliser ses bras et ses jambes pour repousser les Chats sauvages. Personne ne réussit à le faire tomber. Il fonçait dans le tas comme une boule de bowling dans un jeu de quilles.

– Je vous l'ai dit, les gars, répétait Davi, faut pas le lâcher !

Adam levait souvent les bras, espérant attraper le ballon, mais Davi ne le lui lançait jamais. Il le passait toujours aux autres, surtout à Joseph, qui marqua deux buts. Mais, une fois, alors que Joseph tenait le ballon, Martin réussit à le lui reprendre et s'enfuit en courant. Il allait encore marquer !

– Arrêtez-le ! cria Davi. Attrapez-le !

Adam lui courut après, le dépassa et essaya de lui barrer le passage. Martin finit par trébucher et ils tombèrent tous les deux.

– Ouais ! Tu l'as eu ! claironna Davi.

A partir de ce moment-là, Adam se sentit mieux accepté dans l'équipe.

Après avoir retiré leurs chemises, ils continuèrent à jouer ainsi une bonne partie de l'après-midi, puis se jetèrent à l'eau pour se rafraîchir. Ensuite, ils s'assirent en rond autour d'un feu et s'insultèrent les uns les autres – c'était, semblait-il, leur passe-temps favori.

– Hé, yeux bridés…

– Quoi, face de lune ?

– Tu as l'air d'un chat qui a la colique.

– Et toi, d'un rat qui a mal au ventre.

– Tu appelles ça une insulte ?

Assis à côté de Davi, Adam ne disait pas grand-chose et se contentait d'écouter. Un des garçons cassa la noix de coco avec une pierre, et chacun en prit un morceau.

– C'est la première fois que je mange de la noix de coco fraîche, remarqua Adam.

– Tu vas devenir un vrai Hawaiien, *haole*, remarqua Martin. Tu connais Kamapua'a ?

– Qui ?

– Le grand dieu hawaiien, l'homme-cochon Kamapua'a.

– Un homme-cochon ? Tu te moques de moi ?

Martin lui jeta un regard méprisant.

– Le grand dieu Kamapua'a possède huit yeux, huit pattes et quarante doigts de pied. Il mange les vallées, avale des volcans entiers et se brosse les dents avec des arbres. Quand il pète, toute l'île en est secouée. Qu'est-ce que tu en dis, *haole* ? Vous avez un dieu comme ça chez vous ?

Adam esquissa un sourire. Martin le faisait-il marcher ?

– Tu es sûr que c'est un *haole* ? demanda Martin à Davi. Il n'a pas l'air tellement futé.

– Toi, avec ta cervelle de poisson, t'as rien à dire, lui lança-t-il.

– Et toi, la tienne, c'est de la guimauve !

Ils étaient encore en train de se lancer des insultes quand Adam pensa soudain à regarder sa montre : cinq heures ! Et il devait être rentré dans une heure. Il n'y avait pas une minute à perdre.

– Salut ! lança-t-il à la ronde.

Et il courut chercher son vélo.

Davi l'accompagna et ils repartirent côte à côte en parlant de leurs chansons préférées.

– J'aime beaucoup *Sur la route de Mandalay*, dit Adam.

– « ... où jouent les poissons volants », fredonna Davi.

Ils se mirent alors à chanter à tue-tête, sans trop regarder la route et, brusquement, ce fut la chute : Adam n'avait pas vu un trou dans la chaussée. Pour lui, ce n'était pas trop grave – il avait juste quelques gravillons dans les paumes – mais le vélo avait moins bien supporté le choc. Quelque chose s'était cassé : le guidon était tout branlant et totalement inutilisable.

– Comment je vais faire pour rentrer chez moi, maintenant ?

– Mon père va t'arranger ça, affirma Davi.

– Ton père ?

– Oui. Il peut réparer n'importe quoi.

Adam hésita. S'il allait chez Davi, il serait en retard mais, s'il devait marcher jusqu'à la maison, il le serait aussi. Et, en plus, avec une bicyclette cassée…

Davi habitait en ville près de Hotel Street, un endroit fréquenté par les marins en permission et où les parents d'Adam lui avaient dit de ne jamais aller. Le quartier s'appelait Chinatown, mais Davi lui expliqua que c'étaient surtout des Japonais qui y habitaient maintenant. Il le conduisit à travers un dédale d'étroites ruelles où les maisons étaient parfois si serrées que les balcons se touchaient presque. Il s'arrêta devant une cour envahie de mauvaises herbes. Son père était là, occupé à travailler sur un camion à plate-forme. C'était un homme maigre aux bras décharnés, avec de grandes dents – « un vrai Japonais de caricature », se dit Adam malgré lui.

– Je te présente mon ami, Adam, annonça Davi.

Son père s'assit sur le bord de la plate-forme et s'essuya les mains avec un chiffon en s'adressant à son fils en japonais.

– Parle anglais, papa, dit-il en jetant un coup d'œil vers Adam.

M. Mori sauta du camion et s'inclina profondément, les bras le long du corps.

– Enchanté de faire ta connaissance.

Devant une telle marque de respect, Adam eut honte de ses mauvaises pensées et s'empressa de lui rendre son salut.

– Hé ! fit Davi en lui donnant une bourrade. Arrête ton cinéma, Adam !

Son père examina la bicyclette en marmonnant entre ses dents. Adam était persuadé qu'il avait dit quelque chose du genre « stupide gamin » en japonais.

Davi approcha un poste de soudure sur un chariot où étaient posées deux bouteilles de gaz. Il déroula les câbles et tendit à son père le chalumeau en cuivre et une paire de lunettes noires. M. Mori alluma le chalumeau et régla la flamme, qui passa du jaune au bleu, puis chaussa les lunettes et, avec une longue tige de métal, il souda la pièce endommagée. En une minute, c'était fait.

Quand la soudure eut refroidi, il donna un coup de brosse métallique et, pour terminer, fit rebondir le vélo une ou deux fois sur le sol.

– Voilà ! dit-il. C'est arrangé.

Adam enfourcha sa bicyclette et fit un tour d'essai dans la cour. Le guidon tenait bon.

– Merci ! Merci beaucoup ! Combien je vous dois ? demanda-t-il en mettant la main à sa poche.

M. Mori secoua la tête et retourna à son travail.

– Je peux payer, insista Adam.

– Laisse tomber, dit Davi. Il l'a fait parce que tu es mon ami.

Pour camoufler les traces laissées par le chalumeau à l'endroit de la réparation, il prit un pot de peinture rouge et donna un coup de pinceau sur la soudure.

– Merci, répéta Adam. Maintenant, je ferais mieux de rentrer.

– Qu'est-ce qui te presse ?

– Mon père me tuera si je suis en retard.

– Il comprendra. Tu as eu un accident, ce n'est pas de ta faute. Et puis, il faut laisser sécher la peinture. Tu veux voir ma chambre ?

Adam se laissa convaincre et, en suivant son ami, il découvrit, derrière une haute haie, plusieurs constructions basses au milieu d'un jardin ombragé. Sous une tonnelle chargée de plantes grimpantes et de fleurs rouges étaient installées une longue table recouverte d'une toile cirée et une glacière en bois adossée à l'une des cabanes.

Davi fit d'abord entrer Adam dans la plus grande cabane. Ça sentait l'algue et le vinaigre.

– Maman ? appela Davi.

Adam remarqua tout de suite dans la pénombre, bien en évidence au fond d'une niche, le portrait solennel d'un homme à moustache sur un cheval blanc. Il voulut montrer à son ami qu'il l'avait reconnu.

– C'est Hirohito, votre honorable empereur.

– Pas le mien, protesta Davi avec énergie. Mes parents le vénèrent comme un dieu vivant, mais ils sont nés là-bas, au Japon. Moi, je suis né ici et je suis cent pour cent américain. Eux, comme on dit chez nous, ils sont *issei* et moi, je suis *nisei*. Allez, viens, ajouta-t-il, en entraînant Adam vers une autre cabane.

C'était la sienne. Il avait une chambre sans plafond, avec des chevrons apparents d'où pendaient une lanterne et un poisson en papier orange. Sur une table, devant la fenêtre, étaient posés des pierres, des coquillages et des morceaux de corail, et au mur étaient épinglées des photos d'oiseaux découpées dans des magazines.

– J'aime tout ce qui a des ailes, expliqua-t-il.

– Les avions aussi ?

– Non, seulement les créatures vivantes.

Au-dessus du lit était accroché un calendrier où Adam reconnut la photo du paquebot *Lurline* avec sa haute coque blanche et ses deux grosses cheminées.

– C'est ce bateau que nous avons pris pour venir, dit-il. La traversée a duré quatre jours. J'ai été malade comme un chien.

– Moi, je n'ai jamais le mal de mer, affirma Davi. Je vais souvent sur le bateau de pêche de mon oncle.

Adam jeta un coup d'œil aux livres : *L'Appel de la forêt*, de Jack London, et quatre aventures de Tarzan, d'Edgar Rice Burroughs.

– Je les ai tous lus, dit-il.

Et ils se remirent à parler, juste au moment où Adam avait décidé de partir. Finalement, s'étant découvert un intérêt commun pour la pêche, ils décidèrent d'aller pêcher ensemble le lendemain matin.

– On se retrouve à six heures, O.K. ? décida Davi en le raccompagnant.

– Six heures ? Tu seras levé ?

– Je me lève toujours tôt. J'aime la lumière du matin. Tu ne regardes jamais la lumière au lever du jour ?

– Je n'y ai jamais pensé, répondit Adam avec un haussement d'épaules.

– Regarde-la demain.

« Drôle de type », se dit Adam en enfourchant son vélo.

– D'accord, je regarderai longuement et je te dirai ce que j'en pense. Maintenant, il faut que j'y aille. Mon père…

– Pourquoi ça te tracasse tant ? Qu'est-ce qu'il va te faire si tu es en retard ? Il va te manger ?

– Ouais… en petits morceaux avec du ketchup…

Chapitre 7

Adam était en retard. Il alla ranger son vélo dans l'abri, derrière la maison, et se servit un verre de lait à la cuisine avant de ressortir pour affronter son père. Ses parents prenaient l'apéritif dans le jardin avec leur voisine, Mme Parker. Ils étaient tous les deux habillés pour sortir, son père en uniforme de cérémonie, et sa mère en robe blanche et chaussures à talons. Béa jouait dans l'herbe à côté d'eux.

– Je sais que je suis en retard, commença Adam.

– Ah, le voilà ! s'exclama Mme Parker en levant sa cigarette. Voilà notre petit héros avec un grand verre d'eau !

Elle avait toujours un mot pour plaisanter, mais il l'aimait bien.

– De lait, corrigea-t-il en montrant son verre, un grand verre de lait.

Elle sourit et se leva pour partir.

– A tout à l'heure, les amis.

Et elle rentra chez elle en passant à travers la haie, comme à son habitude.

Le père d'Adam se laissa aller en arrière dans son fauteuil, les mains derrière la tête.

– Tu devais rentrer tôt, Adam… six heures, je crois, dit-il en regardant sa montre, et il est…

– Excuse-moi, papa.

Il expliqua ce qui lui était arrivé : le vélo, le trou dans la chaussée qu'il n'avait pas vu…

– C'est ce f…

Il allait employer un gros mot mais son père l'arrêta.

– Surveille ton langage. Je ne veux pas que tu parles de cette façon devant ta mère.

– Pardon, je suis désolé, s'excusa-t-il une fois de plus. Mon vélo était cassé, papa. Le père de Davi l'a réparé. Il a dû faire une soudure.

– Qui est Davi ?

– Un camarade de classe. Son père n'a pas voulu que je le paie, et mon vélo est comme neuf maintenant.

– Qui sont ces gens ? Où habitent-ils ?

– A Chinatown.

– Des Chinois ?

– Non, ils sont japonais.

Quelque chose dans le ton de son père lui dit qu'il valait mieux ne pas parler de leurs projets de pêche.

– Demain, tu iras voir ce M. Tojo ou je ne sais qui, et tu lui donneras un dollar pour son travail. Et, si j'étais toi, je tâcherais de trouver d'autres amis.

– Davi est le meilleur élève de la classe, papa.

– C'est bien possible, mais je te demande de réfléchir, Adam, et de ne pas oublier qui il est et qui tu es.

Son père prit son cocktail, en but une gorgée, puis tendit le verre à sa femme.

– Marilyn, peux-tu aller me chercher un peu de glace ?

– J'y vais, papa, proposa Adam.

– Non, je veux te parler. Assieds-toi, fiston.

Tandis que sa mère s'éclipsait, il s'assit sur le bord de son siège. Il savait ce qui allait suivre.

– Adam, je suis un officier de la marine. Nous sommes une famille de militaires, commença son père en rythmant son discours avec le pied, comme pour mettre son fils au pas. Je ne devrais pas avoir à te le rappeler, tu le sais. Ce que tu fais rejaillit sur ta famille, sur moi et sur la marine américaine tout entière.

– Je sais, papa.

– La marine a été ma famille. J'y ai grandi et j'y suis devenu un homme. La marine m'a tout donné. Et ce qu'elle m'a donné, elle te l'a donné à toi aussi. Tu sais que les projecteurs sont toujours braqués sur moi… sur moi, sur nous, sur toute notre famille. Notre conduite doit être irréprochable, tu comprends ? Tu ne voudrais pas que je fasse quoi que ce soit qui me déshonore ou déshonore la marine ?

– Ça ne risque pas de t'arriver.

– En effet, parce que je réfléchis à ce que je fais et notamment à mes fréquentations. Et c'est ce que tu dois faire : réfléchir ! insista son père en se penchant vers lui pour lui donner une petite tape sur le genou. Nous sommes à deux doigts de la guerre avec le Japon. C'est la raison de notre présence ici, à Honolulu. Écoute, Adam, je n'ai rien contre ce garçon. Il y a beaucoup de Japonais à Hawaii. Quarante pour cent du territoire est japonais. Honolulu est la ville la plus japonaise du monde en dehors du Japon. Certains, dans la marine, pensent que ce sont tous des espions. Pour ma part, je n'irais pas jusque-là mais, en ces temps troublés, je ne sympathiserais pas avec un Japonais.

– Davi est américain, papa. Il est *nisei*… il est né dans ce pays. Il a gagné le concours de la Légion américaine !

– Ton ami est peut-être né ici mais pas ses parents. Ai-je raison ?

Adam acquiesça d'un signe de tête.

– Ils sont avant tout japonais, comme toi tu es américain. Ils ont un devoir de fidélité envers leur pays, comme nous envers le nôtre. Et quand la guerre éclatera, que feront-ils ? Personne ne le sait exactement, mais on peut craindre de gros problèmes ici, à Hawaii.

La mère d'Adam était revenue avec les boissons.

– Emory, dit-elle, peut-être la situation n'est-elle pas aussi grave que nous le pensons. Je viens d'entendre à la radio que notre secrétaire d'État est en train de s'entretenir en ce moment même avec l'ambassadeur du Japon à Washington.

– Tout ce que je dis, c'est que nous devons tous être prudents, y compris Adam. On ne sait pas ce qui peut arriver. Je ne veux surtout pas qu'on puisse dire que le fils du lieutenant Emory Pelko a un ami…

– Et Koniko ? le coupa son fils. Et Hideko, qui s'occupe du jardin ? Elles viennent chez nous tous les jours. Tous les gens que nous connaissons ont des Japonais qui travaillent pour eux.

– Ça, ce n'est pas gênant. Ils travaillent, nous les payons. Sans eux, toute la ville et l'ensemble d'Hawaii pourraient fermer boutique : les plantations de canne à sucre, l'industrie de l'ananas, tout… Mais un ami, c'est différent. Peu importe ce que nous pensons, toi ou moi, on nous juge d'après nos fréquentations. Et tout ce que tu fais peut se retourner contre moi.

Adam écoutait en silence. Son père était en train de lui dire qu'il ne pouvait pas être ami avec Davi.

– Enfin, reprit-il, ce ne sont pas les garçons qui manquent ici !

Adam hocha la tête et se leva.

– Adam, je te parle !

– Je vous ai entendu, capitaine.

Il serrait les dents. Il se sentait crispé, tendu, incapable de parler à son père ni de le regarder.

Juste à ce moment-là, Béa sortit de la maison en courant, suivie de Koniko.

– Je veux aller au cinéma avec vous ! cria-t-elle.

– Trop tard pour bébé, dit Koniko en essayant d'attraper la fillette, mais elle ne courait pas assez vite dans son kimono.

– Koniko a raison, dit la mère d'Adam. Tu es trop petite pour aller au cinéma.

– Je peux me coucher plus tard ! Je suis assez grande. Je ne veux pas dormir. Je ne veux pas rester seule avec Koniko.

– Oh, regarde-la, dit sa mère. Regarde comme elle est triste ! Tu lui fais de la peine.

Koniko essaya de prendre Béa dans ses bras, mais elle réussit à s'échapper.

– Adam ! cria-t-elle.

Il la souleva du sol et lui murmura à l'oreille :

– Je te rapporterai un sucre d'orge si tu es gentille.

– Un sucre d'orge entier ? demanda-t-elle en lui passant les bras autour du cou. Rien que pour moi ?

– Je ne t'en demanderai même pas un petit bout, mais tu dois arrêter de pleurer et rester gentiment avec Koniko.

Adam venait juste de réussir à la calmer en s'installant pour lui lire une histoire, lorsque son père l'appela.

– Zut ! fit-il.

– Tu as dit un vilain mot... Tu sais, j'en connais un, moi aussi...

– Ah oui ?

– Mais j'peux pas le dire tout haut.

Et elle lui chuchota à l'oreille :

– Ta gueule !

– Oh, quelle horreur ! s'écria-t-il d'un air outré.

Son père gara la voiture et ils marchèrent sans se presser jusqu'à Palm Boulevard. L'air sentait bon en dépit des vapeurs d'essence. La soirée était belle et la ville baignait dans une atmosphère brumeuse et ouatée. Même les voitures ronronnaient.

Adam marchait derrière ses parents en écoutant le cliquetis des talons de sa mère et le pas ferme et régulier de son père. Il régla son allure sur la sienne. En adoptant la même démarche, il avait l'impression de ne faire qu'un avec lui. « Je ne me bats pas contre toi, papa, avait-il envie de lui dire. Je comprends pour la marine, notre famille et tout ça, mais qu'on me dise avec qui je peux être ami – sans même parler de Davi – je trouve que ce n'est pas juste. »

Des marins qui passaient sur le trottoir saluèrent son père. Adam aperçut des garçons de l'école et leur adressa discrètement un signe de la main.

– Salut, Adam ! lancèrent-ils.

La salle de cinéma était pleine d'uniformes blancs. Adam s'arrêta à la boutique de bonbons où il acheta un sucre d'orge pour Béa avant de rejoindre ses parents. Il s'assit à côté de sa mère et s'enfonça dans son siège, les genoux appuyés contre le dossier de devant. Mais son père lui donna une petite tape pour le rappeler à l'ordre. Adam rectifia aussitôt sa position en reposant ses pieds par terre.

Lorsque les lumières s'éteignirent, l'image du drapeau américain apparut sur l'écran et toute la salle se leva pendant qu'on jouait *The Star-spangled Banner* [1]. A la fin, le public se rassit et la séance commença par un dessin animé de Bugs Bunny. Vinrent ensuite les actualités, puis le film :

1. *La Bannière étoilée*, hymne national américain.

Le Dictateur. Adam avait beaucoup aimé *Les Temps modernes*, le précédent film de Charlie Chaplin, en particulier le passage où Charlot est pris dans l'engrenage d'une chaîne d'usine. Dans *Le Dictateur,* Chaplin se moquait d'Hitler et de Mussolini. C'était drôle, mais pas autant qu'il l'avait espéré.

Ce qu'il retint surtout de cette séance, ce fut les actualités avec les images de guerre et la voix grave du commentateur annonçant : « L'armée allemande attaque en Russie ! » Des images de parachutistes allemands qui glissaient sur l'aile d'un avion cargo comme des pingouins sur la banquise. Un navire italien en train de couler au large de la côte d'Afrique du Nord et des marins sautant dans la mer. « Regardez ça, mesdames et messieurs, disait le commentateur. Vous êtes aux premières loges ! » La dernière partie de la projection montrait des soldats américains s'entraînant au maniement de la baïonnette contre des sacs de toile censés représenter des soldats ennemis. « Regardez nos gars ! insistait le commentateur tandis qu'ils transperçaient les sacs. Regardez-les ! S'attaquer à l'Amérique, c'est s'attaquer à un nid de frelons ! Attention, ça pique ! »

Adam applaudit avec le reste de l'assistance, mais en jetant un regard vers sa mère, il vit qu'elle avait les yeux fermés. Elle ne supportait pas la violence, même quand il s'agissait d'exercices d'entraînement. Son père, qui la regardait aussi, fit un clin d'œil à Adam.

« Ouf ! » se dit-il. Son père n'était plus fâché contre lui. Il pouvait respirer…

Quand ils furent de retour chez eux, Koniko remit au père d'Adam un message lui demandant de rappeler la base. L'officier de service avait une urgence familiale et il fallait le remplacer. M. Pelko proposa à Koniko de la déposer chez elle en se rendant à la base, puis embrassa sa femme.

– Je pense que je serai de retour demain, mais je ne sais pas à quelle heure, dit-il. Peut-être dans l'après-midi. Au revoir, fiston.

– Au revoir, papa ! lança Adam par-dessus son épaule en allant mettre le sucre d'orge sur l'oreiller de Béa.

Chapitre 8

Le lendemain matin de bonne heure, Adam mangea un beignet et griffonna un mot pour sa mère : « Je reviens bientôt. » Pour Béa, il dessina un petit bonhomme à bicyclette le représentant.

Puis il sortit son vélo dans la rue. Tout le quartier dormait. Les pelouses scintillaient de rosée, et les journaux n'avaient pas encore été distribués. Pas une voiture en vue. Personne à l'horizon.

Pendant tout le trajet jusqu'à la conserverie, il se dit que si Davi n'était pas au rendez-vous, ce serait un soulagement. Ça lui éviterait de chercher des excuses pour ne pas aller à la pêche. De toute façon, ils se reverraient à l'école et, là, rien ne les empêchait d'être amis.

Davi avait dit : « Six heures, sous l'ananas géant. » Adam regarda sa montre : il était six heures pile. Et Davi n'était pas là. Il décida d'attendre quinze minutes, pas plus. Passé ce délai, il rentrerait chez lui. Mais à peine avait-il pris sa décision qu'une voix retentit derrière lui :

– Hé, *haole* !

C'était Martin, l'Hawaiien, qui arrivait à vélo, avec Davi assis sur la barre, deux cannes à pêche à la main.

– Adam ! s'écria Davi en brandissant les cannes, j'en ai aussi une pour toi.

Et maintenant il fallait lui dire : « Je ne peux pas venir. Désolé. Un imprévu de dernière minute… » Mais ce n'était pas si facile…

– Tu es en retard, lui fit-il remarquer.

– J'ai dû le réveiller, répondit-il en désignant Martin. Il ronflait comme un cochon.

– Comme le grand dieu-cochon, c'est ça ? plaisanta Adam, pour dire quelque chose.

Martin prit les cannes à pêche et les attacha à la barre du vélo d'Adam.

« Vas-y, dis-le », se répétait Adam. Mais les cannes étaient déjà fixées sur son vélo, et les excuses auxquelles il pensait ne tenaient pas debout. Ce serait stupide de dire quoi que se soit maintenant. Davi ne comprendrait pas. Et Martin… il ne voulait même pas imaginer ce qu'il dirait.

Il enfourcha donc son vélo et les suivit le long de Kamehameha Highway en direction de Pearl Harbor. Il observait le large dos de Martin qui zigzaguait d'un côté à l'autre de la route comme si toute la chaussée lui appartenait.

– On va pêcher à Pearl ? demanda-t-il.

Davi se retourna et hocha la tête. La route était peu fréquentée à cette heure de la journée et ils roulaient sans se soucier de la circulation. Une fois seulement, dans une montée, ils furent surpris par un taxi rempli de marins qui surgit à toute allure en haut de la côte et ils durent se rabattre précipitamment sur le bas-côté.

– Ouf ! On a eu chaud ! s'écria Davi.

– Un peu plus, et ils nous rentraient dedans, renchérit Adam.

– Et adieu la partie de pêche ! plaisanta Martin.

Le rire succéda à l'émotion.

– Alors, *haole*, reprit Martin, tu vas attraper un gros poisson ?

– J'espère…

– Tu as déjà mangé du poisson d'Hawaii ? C'est le meilleur. Essaie le *mahi mahi*, ça c'est du poisson ! Tu l'enveloppes dans une feuille de taro et tu le mets sur les braises… miam !

Il s'en léchait les babines.

– Tu as déjà mangé des truites de rivière ? demanda à son tour Adam. Tu les attrapes dans l'eau glacée et tu les fais griller sur le feu.

Son père et lui en avaient pêché dans les montagnes du Tennessee l'été précédent.

– Les meilleurs poissons viennent de l'océan, affirma Martin.

Et il énuméra alors toute une série de noms de poissons qu'Adam n'avait jamais entendus : l'*aho-lehole*, l'*akule*, l'*uhu*, l'*ahi*...

– On utilise la tête d'*ahi* pour attraper des crabes. Tu vas voir ! Les poissons sautent hors de l'eau pour les Hawaiiens (il décrivit un grand arc avec le bras), whiiish ! Whiiish !... Il suffit de tendre les mains et ils tombent dedans. Demande à Davi !

– Oui, c'est pas de la blague ! confirma celui-ci.

Juste avant d'arriver à Aiea, ils s'arrêtèrent près d'un petit bois d'eucalyptus et suivirent un vague chemin en bordure d'un champ, puis descendirent à pied vers le port en poussant leurs vélos. Devant eux s'étendaient les installations portuaires : les réservoirs de pétrole blancs, les bâtiments aux toits rouges des entrepôts maritimes, les destroyers et les croiseurs serrés les uns contre les autres, et la masse sombre de l'île Ford.

Ils cachèrent leurs vélos au milieu des bambous et longèrent une clôture de fil de fer. Juste après une pancarte disant : « RÉSERVÉ AU PERSONNEL MILITAIRE », Davi se faufila sous la clôture, à un endroit où le sol était déjà marqué par de nombreux passages, et Martin le suivit. Adam se demanda ce qui se produirait s'ils étaient surpris.

« Ce que tu fais rejaillit sur ta famille », avait dit son père. Mais il avait peine à croire qu'une simple partie de pêche pouvait ruiner la carrière de son père. D'ailleurs, celui-ci n'en saurait jamais rien.

– Tu viens, *haole* ? lui lança Martin.

Et sans plus se poser de questions, Adam se glissa sous la clôture.

Ils dévalèrent la pente jusqu'au bord de l'eau, précédés par les cailloux qui roulaient sous leurs pieds. Quelques oiseaux apeurés s'envolèrent, ridant un instant la surface de l'eau. La baie de Pearl Harbor s'étendait devant eux, immobile et calme comme un miroir. Le soleil n'était pas sorti de derrière les montagnes et le rivage était encore dans l'ombre.

Pendant que Martin partait en exploration le long de la plage, Davi et Adam, debout sur un rocher, s'attardèrent un moment à contempler la vue. Tout paraissait plus près ici : les quais et les docks, les docks de carénage où on réparait les bateaux, les grues, les crochets et les élingues. Les cuirassés amarrés le long de l'île Ford semblaient à portée de la main.

– C'est comme une perle, remarqua Davi.

– Quoi ?... Le port ?

– La lumière.

Adam acquiesça d'un hochement de tête.

– Hé ! Qu'est-ce que vous faites ? cria Martin. Venez !

Il était accroupi sur des rochers, une cigarette à la main.

– Nous allons demander au dieu des Poissons de nous aider : Ku'ula, dit-il, apporte-nous beaucoup de poissons !

Puis il souffla de la fumée sur les rochers.

– O.K. Maintenant les poissons vont venir à nous.

Davi prit la cigarette des mains de Martin, tira une ou deux bouffées et souffla à son tour la fumée sur les rochers. Ensuite, il tendit la cigarette à Adam qui en fit autant.

– C'est mon père qui m'a donné ces cigarettes, dit Martin. « Tiens, fiston, il m'a dit, c'est pour toi. »

– Tu parles ! fit Davi.

Martin observait les cuirassés alignés le long de l'île Ford.

– Regardez un peu ces engins ! C'est lequel, celui de ton père, Adam ?

– Celui qui est le plus proche de nous, c'est le *Nevada,* et juste à côté c'est l'*Arizona*, celui de mon père.

– Vous avez vu tous ces canons ?... Y en a combien ?

– Douze.

Martin poussa un sifflement admiratif.

– Ces gros cuirassés sont plus grands que deux terrains de foot mis bout à bout, reprit Adam. Chacun a un déplacement de plus de quinze tonnes et transporte mille marins.

Il adorait ces bateaux. Quand il commençait à en parler, il était intarissable. C'étaient les navires de guerre les plus puissants du monde, de véritables forteresses flottantes, et si élégants avec ça !

– Leur tôle de blindage a une épaisseur de plus de trente centimètres, expliqua-t-il. Les balles rebondissent dessus, ils résistent même aux bombes. Leur puissance de feu les rend invulnérables. Ces gros canons que vous voyez là peuvent tirer des obus de sept cents kilos et atteindre une cible à trente kilomètres.

– Comme ça, dit Martin et, d'une chiquenaude, il envoya sa cigarette dans l'eau le plus loin possible.

Là-dessus, chacun partit à la recherche d'appâts le long du rivage. Les pieds dans l'eau, ils retournaient les pierres pour dénicher des vers, des crevettes, des petits poissons, tout ce qu'ils pouvaient trouver pour accrocher au bout de leurs lignes. Martin attrapa d'un coup trois petits poissons dans le creux de sa main et ils les mirent dans une boîte.

– Tu vois, *haole*, Ku'ula pense à nous.

– Martin, Adam, cria soudain Davi. Venez voir !

Il venait de découvrir un canot à moitié enfoui dans les buissons, muni de deux rames soigneusement rangées sous le siège.

– Il a dû arriver ici porté par le courant.

– Quelle trouvaille ! s'exclama Adam.

Ils avaient prévu de pêcher au bord de l'eau mais, un bateau comme celui-ci, ça ne se refusait pas !

– Merci, Ku'ula ! dit Martin.

Sans perdre une minute, ils glissèrent les cannes à pêche sous le banc, Davi enfila les rames dans les tolets, Adam s'assit à côté de lui et Martin poussa l'embarcation.

Chapitre 9

Davi et Adam commencèrent à ramer. Le soleil se levait et une légère brise soufflait sur la baie. Martin, qui avait mis sa ligne à l'eau, se plaignit qu'ils allaient trop vite.

Ils arrêtèrent donc de ramer et restèrent un moment sur place à contempler les cuirassés. Adam s'intéressait surtout à celui de son père, l'*Arizona,* dont on avait hissé les pavillons de signalisation. C'était bientôt l'heure du réveil.

D'un seul coup, les sonneries de clairon retentirent sur tous les navires et les fanfares attaquèrent l'hymne national américain. Adam imaginait son père saluant le drapeau, debout, au garde-à-vous. L'idée lui vint alors qu'il était peut-être en train de regarder de leur côté… peut-être avait-il vu les trois garçons dans le canot. Craignant soudain d'être reconnu, il se baissa.

– Davi, on ferait mieux d'avancer, dit-il.

Au même moment, des vrombissements envahirent le ciel. Adam leva les yeux et vit, à haute altitude, des dizaines d'appareils en formation qui approchaient de toutes les directions à la fois. Et puis d'autres, plus bas. « Sans doute un exercice d'entraînement, pensa-t-il. Une simulation. »

Brusquement, un des avions piqua droit sur eux et passa en rase-mottes au-dessus de leurs têtes dans un vacarme assourdissant. Le souffle de l'hélice provoqua un remous qui fit tanguer le canot. Adam vit nettement le ventre argenté et les roues de l'appareil.

– Il est cinglé ! s'exclama Davi.

– Un cow-boy de la marine, renchérit Martin.

– Non, ce n'était pas un avion de la marine, dit Adam.

Il n'avait pas reconnu les marques habituelles. Au lieu des barres et des rayures, il avait aperçu des cercles rouges, comme sur un avion japonais. Et il croyait aussi, sans toutefois pouvoir l'affirmer, avoir vu quelque chose tomber dans l'eau. Ça ressemblait à une torpille.

– Peut-être qu'ils tournent un film, suggéra-t-il.

Il venait à peine d'achever sa phrase lorsqu'une puissante explosion se fit entendre, et un épais nuage de fumée s'éleva au-dessus de l'île Ford.

– Ça, c'est le bruitage, commenta Martin.

Peu après, un souffle d'air chaud les frappa de plein fouet, tandis que se produisait une nouvelle explosion, suivie d'une autre… et puis d'une autre encore.

– On jurerait que c'est pour de vrai ! cria Adam.

– C'est peut-être un type qui a fait une erreur, dit Davi.

– Ben, c'est pas malin ! constata Martin.

– Ça va lui coûter cher ! enchaîna Adam.

Debout dans le canot, ils riaient tous les trois. Martin visait les avions avec son doigt et faisait mine de leur tirer dessus.

Des avions, des bombes, des explosions… Adam se disait que tout ça ressemblait étrangement à la réalité, comme les actualités qu'il avait vues au cinéma sauf que, là, il manquait le commentateur avec sa voix de stentor. Mais il l'imaginait sans peine : « Regardez, mesdames et messieurs, voici les avions ennemis, comme si vous y étiez… Aux premières loges ! »

Des chapelets de bombes noires dégringolaient des engins. Des flammes et de la fumée jaillissaient des cuirassés. Les pavillons étaient en feu.

Adam commença à avoir des doutes. Ces avions qui survolaient la baie à toute vitesse, roues dehors, cockpits ouverts… les cercles rouges… tous ces cercles rouges… Étaient-ce des bombardiers japonais ? Ou bien des avions américains peints comme des avions japonais ?

– Regardez-les ! fit Davi, qui s'était mis debout

sur le siège du canot et agitait les bras en poussant des cris de joie comme s'il s'agissait d'un jeu.

– Ce sont des avions japonais, affirma alors Adam.

Il ne savait même pas si c'était vrai ou s'il vivait un rêve complètement fou. C'était comme dans un film, et pourtant... « Mais non, se dit-il soudain, ce n'est pas du cinéma !... Ce n'est pas un rêve, ni une simulation ! Ces avions sont de vrais bombardiers japonais, qui lâchent de vraies bombes ! »

Voilà pourquoi Davi poussait des cris de joie en agitant les bras ! Il leur faisait des signaux, évidemment ! Il était japonais... japonais avant tout ! D'ailleurs, qui avait proposé de venir pêcher à Pearl Harbor ? Qui avait découvert le canot ? Qui les avait amenés ici ?

– Sale Jap ! hurla-t-il soudain en sautant sur lui.

Il ne le laisserait pas faire. Il le tuerait, il le noierait...

Martin empoigna Adam.

– Ça va pas la tête !

Ils roulèrent tous les trois au fond de la barque, puis Martin força Adam à se rasseoir sur la banquette.

– Imbécile ! Crétin ! Il faut se sortir d'ici tout de suite !

Davi était accroupi à l'arrière, haletant, se frottant les bras et regardant Adam avec des yeux ahuris. Martin prit une rame et fourra l'autre dans les mains d'Adam.

– Rame ou je te casse la figure.

Alors ils ramèrent de toutes leurs forces pour fuir les cuirassés et les bombes. L'eau giclait sur eux de tous les côtés. Le canot roulait et tanguait. Tout à coup, devant leurs yeux, l'*Arizona* se souleva hors de l'eau. L'énorme cuirassé bondit en l'air comme une balle de caoutchouc et se brisa en deux. Le feu jaillit du navire. Un gigantesque geyser s'éleva vers le ciel avant de retomber dans un grand fracas. Adam faillit être projeté par-dessus bord. Il se cramponna à la banquette tandis que le canot tournait sur lui-même. Il eut juste le temps d'apercevoir le ciel bleu, la ville qui scintillait au soleil, puis le canot pivota en sens inverse, et il ne vit plus alors que des nuages noirs, et l'*Arizona*, le navire de son père, qui s'enfonçait sous l'eau.

Chapitre 10

Ensuite, tout alla très vite. L'avion… le sifflement des balles… les cris… le canot qui s'envolait, Adam projeté en l'air.

Il vit le cercle rouge sur le fuselage, le tireur avec son casque noir, et la barque vide au-dessous de lui. Puis ce fut la chute au fond de l'océan… De l'eau partout, dans son nez, dans sa bouche… Il remonta à la surface, tout près du canot, s'y accrocha, crachant, suffoquant, et resta là, agrippé à l'embarcation ballottée par les vagues. Ses yeux hagards fixaient une rangée de trous dans la coque : des trous réguliers comme ceux d'une machine à coudre.

Quelque chose d'horrible venait de se passer. Le ciel était noir à l'endroit où se trouvait l'*Arizona* quelques instants plus tôt.

– Mon Dieu, mon Dieu, oh, mon Dieu ! gémit Adam.

Les doigts crispés sur le bord du bateau, il se

disait : « On est dimanche matin, un dimanche matin à la pêche. »

Soudain, tout redevint silencieux. Il entendait le vent. Les avions avaient disparu du ciel. « Les nôtres vont arriver », se dit-il. Il se hissa à moitié hors de l'eau et regarda autour de lui. Où étaient Martin et Davi ? Il ne les voyait pas... Une angoisse affreuse lui serra l'estomac. « Non, ce n'est pas possible... »

– Davi ! cria-t-il. Martin ! Davi !... Martin !... Davi !...

Il réussit péniblement à remonter dans le canot. Il sentait quelque chose qui le brûlait dans le dos. En y passant la main, il s'aperçut qu'il saignait. Une balle avait dû l'érafler. Il ne s'était même pas rendu compte qu'il avait été touché.

– Davi ! cria-t-il à nouveau. Martin !

Il se mit debout et aperçut au loin quelque chose qui dansait sur l'eau. Il crut d'abord que c'était un morceau de bois flotté. Puis il vit un bras se lever : c'était Davi et, à côté de lui, Martin !

Chapitre 11

Il n'y avait plus qu'une rame dans le canot. Adam l'utilisa comme une pagaie : un coup à droite, un coup à gauche.

– J'arrive !

Mais il avait l'impression de faire du surplace. Le bateau refusait de lui obéir et s'obstinait à tourner du mauvais côté, se cabrant comme une mule qui cherche à se débarrasser de son cavalier. Adam avait beau jurer, crier, se démener, il avait un mal fou à maintenir le cap. Jamais il ne réussirait à atteindre Martin et Davi !

A tout moment, il levait les yeux, craignant le retour des avions. Le ciel était obscurci par une fumée noire, mais de temps en temps, à la faveur d'une trouée, il apercevait au loin les champs de canne à sucre et les montagnes paisibles. Cette vision fugitive avait quelque chose d'irréel… Tout était irréel : les cuirassés à moitié coulés, les trous des balles dans la coque, Davi et Martin dans l'eau…

Lorsque, enfin, il réussit à les atteindre, il les trouva tous deux accrochés à l'autre rame du canot et vit tout de suite que Martin avait un problème. Davi monta dans le bateau, mais Martin refusa. Il n'osait pas bouger. Un éclat de bois de la taille d'un crayon était fiché dans sa poitrine et se soulevait à chaque respiration. Adam eut un haut-le-cœur.

– Retire-le.

– J'peux pas. Il est planté dans mon dos.

– Mais non, dit Davi. J'ai regardé. C'est seulement devant.

– J'peux pas, répéta Martin. Laissez-moi !

Adam et Davi échangèrent un regard.

– Rame, ordonna Davi. Je vais le tenir.

Il se pencha par-dessus bord et agrippa son ami par sa chemise.

C'était dur de ramer en traînant Martin comme un poids mort dans l'eau. Mais Adam pagaya de toute son énergie, fixant sans les voir les cuirassés qui se consumaient devant lui comme une ville en flammes.

Parvenu à la rive, Adam s'arrêta un moment au bas du débarcadère pour reprendre des forces. Il était épuisé.

Ils durent se mettre à deux pour monter l'échelle

avec Martin. Il était d'une pâleur effrayante : on aurait dit qu'il avait perdu tout son sang. Davi monta le premier puis tendit la main pour l'attraper pendant qu'Adam le soutenait par en dessous. Ils gravirent péniblement les barreaux, l'un après l'autre. A peine sur le débarcadère, Martin s'effondra à côté d'un tas de gravier, sans prononcer un mot. Il avait un regard inquiétant. Adam lui tapota l'épaule, ne sachant que dire.

La jetée dévastée ressemblait à une fourmilière dans laquelle on aurait donné un coup de pied. Au milieu des hangars et des navires éventrés, des hommes couraient dans tous les sens, tiraient des tuyaux, s'accroupissaient derrière des emplacements de canons. Une berline noire zigzaguait sur la chaussée en évitant les trous, les morceaux de ciment, de métal déchiré et de fils de fer arrachés.

– Tu as vu cette voiture ? dit Adam à Davi. Ils pourraient emmener Martin chez un docteur.

Davi poussa un grognement. Il n'avait visiblement pas envie de lui parler. Adam voulait lui dire qu'il était désolé de l'avoir agressé dans le canot. Il ne trouvait aucune explication à ce geste… un geste stupide, insensé, incompréhensible… C'était comme si un esprit mauvais s'était emparé de lui. Sans doute avait-il agi sous l'effet de la peur, en pensant à son père et à l'*Arizona*.

Il présenterait ses excuses à Davi, mais pas

maintenant. L'important, dans l'immédiat, c'était de trouver du secours pour Martin. Davi était en train de parler à un marin qui avait un pistolet à la main lorsque, brusquement, celui-ci le jeta à terre en le frappant avec son arme.

– Un Jap ! hurla-t-il. J'ai un Jap !

Adam se précipita vers le marin.

– Non ! Arrêtez ! Arrêtez ! Nous sommes américains !... américains !

Il savait à peine ce qu'il disait.

Des hommes arrivèrent en courant et emmenèrent le marin tandis qu'Adam aidait son ami à se relever. Davi tremblait. Il avait du sang sur le visage. La voiture noire s'était arrêtée près d'eux.

– Fais-le monter, dit la conductrice. J'emmène les blessés.

Elle portait un uniforme de la Croix-Rouge.

Davi monta dans la voiture et Adam courut chercher Martin. Quand la berline fut pleine, il sauta sur le marchepied, s'accrocha au montant de la porte, et passa la tête par la fenêtre. Martin et Davi étaient serrés l'un contre l'autre sur le siège arrière à côté de deux autres blessés.

– On y va, annonça Adam, tandis que la voiture se mettait en route. Ne vous en faites pas, tout ira bien.

Il voulait les rassurer, leur dire que les choses allaient s'arranger et, en même temps, se rassurer lui-même. Mais en voyant les deux blessés, la respiration haletante de Martin et le visage tuméfié de Davi, il se tut.

Soudain une explosion ébranla la jetée. La voiture vira, fit un tête-à-queue, se mit à zigzaguer, et Adam fut éjecté. L'accident paraissait inévitable : la berline allait se précipiter dans les eaux du port... Mais, à la dernière minute, elle se redressa miraculeusement et poursuivit son chemin.

Chapitre 12

Resté seul, Adam commença à avoir peur. Dans le feu de l'action, il n'en avait pas eu le temps : l'enchaînement des événements l'avait empêché de penser. Maintenant, il revoyait devant lui le visage ensanglanté de Davi… Martin qui se tenait la poitrine… lui, dans l'eau… et l'*Arizona*, froissé comme une feuille de papier.

C'était trop. Il n'en pouvait plus. Il voulait rentrer chez lui, se coucher dans son lit, enfouir sa tête sous les couvertures, ne pas avoir à réfléchir et oublier ces terribles images.

Il retourna vers le canot et descendit l'échelle. Le mieux était de retrouver l'endroit où ils avaient laissé les vélos et de rentrer à la maison. Mais, une fois dans le canot, il se sentit incapable du moindre effort. Recroquevillé sur lui-même, les genoux sous le menton, il se laissa bercer par l'embarcation et s'endormit.

Un vent frais le réveilla. Il sentit une odeur de

fumée et entendit de lointaines détonations. Il fit alors quelques mouvements : ouvrit les mains, les referma, cligna des yeux, tourna la tête… Tout fonctionnait. Puis, passant son bras dans le dos, il tâta sa blessure. Elle était à vif et ça piquait. Comment avait-on pu tirer sur lui ? On tirait sur les soldats, pas sur les enfants. Il regarda ses pieds nus et compta ses orteils : Suzie, Doozie…

Un petit oiseau brun voletant entre les piliers attira son attention. Il portait des brins de paille dans un trou creusé dans le bois d'un des piliers. Peut-être y avait-il son nid… Davi en saurait sûrement plus que lui sur la question. Il l'interrogerait à son retour.

– Matelot ! cria une voix.

Adam leva les yeux et aperçut, sur la jetée, un homme avec un bras en écharpe. A contre-jour, il paraissait immense.

– Matelot, répéta l'homme, est-ce que ce rafiot tient l'eau ?

– Oui, monsieur.

L'homme descendit l'échelle en s'aidant de son bras valide et sauta dans le canot. Il avait des galons d'officier sur son col.

– Rame, ordonna-t-il.

– Capitaine…

Adam commença à expliquer qu'il n'était pas un marin.

– Ta gueule, matelot ! Fais avancer cette poubelle, c'est tout ce que je te demande.

Adam détacha le canot à contrecœur et se mit à ramer. Ça ne lui plaisait pas de partir ainsi. Il se sentait plus en sécurité près de la jetée. Mais il ne fallait pas chercher à comprendre. Toute la journée n'avait été qu'une suite d'événements insensés et il devait s'attendre à tout. Dans la vie courante, il y avait bien parfois des imprévus mais, la plupart du temps, il savait comment se déroulerait la journée. En semaine, il se levait, s'habillait et allait au lycée ; le samedi, il rangeait sa chambre ; et le dimanche, on allait à l'église. Tandis que, là, rien ne ressemblait à ce qu'il avait vécu jusqu'à présent.

– Rame, matelot ! Allons, un peu de nerf !

L'officier n'arrêtait pas de pester. Il fulminait contre les Japonais et leurs mauvaises manières.

– Attaquer à une heure pareille ! Un dimanche matin ! On n'a pas idée ! Nom d'un chien, j'étais au lit avec ma femme... Allez, rame !

– Où allons-nous, capitaine ?

– Au *Westy*.

L'officier jeta un coup d'œil à sa montre.

– Quelle heure est-il, capitaine ?

– Tais-toi et rame ! ordonna-t-il en rajustant l'écharpe autour de son bras. Il est neuf heures moins dix.

Les yeux fixés sur le visage large et massif de son passager, Adam demanda :

– Capitaine… Le lieutenant Pelko… vous connaissez ?

Normalement, les officiers se connaissaient tous entre eux.

– Pelko ? Qu'est-ce que c'est que ce nom ? Quel navire ?

– L'*Arizona*.

– L'*Arizona* ? Tiens, regarde, dit-il, furieux, en montrant l'endroit où s'élevait la fumée la plus épaisse. Le voilà, l'*Arizona* ! Voilà ce qu'il en reste ! Un tas de ferraille ! L'USS *Arizona* n'existe plus ! ajouta-t-il plein d'amertume.

Adam pensa à son père : un homme intelligent, capable d'affronter n'importe quelle situation. Il était dans la marine depuis si longtemps ! Il avait peut-être vu venir l'attaque et s'était sauvé à temps… Oui, certainement… Il avait dû se débrouiller pour quitter le navire avant qu'il soit touché. Peut-être était-il maintenant sur le *West Virginia*.

– Tribord, matelot, tribord !

L'officier empoigna la rame pour activer la manœuvre, sa main chaude et velue enserrant celle d'Adam.

– Où est-ce qu'on est allé te chercher, matelot ? A la nursery ?

Une chaloupe passa tout près. L'officier se dressa d'un bond et lui ordonna de s'approcher.

– Par ici ! Venez ! Allez, avancez ! Pas besoin de s'attacher. Donnez-moi un coup de main !

Sans attendre l'aide de personne, il sauta dans l'autre bateau, beuglant toujours des ordres. Un marin attrapa Adam, le tira à bord de la chaloupe qui continuait à avancer et laissa le canot partir à la dérive.

En passant devant les cuirassés, tous les hommes devinrent silencieux. Le spectacle était effroyable, comme après un tremblement de terre : l'USS *Oklahoma,* ce navire autrefois si majestueux, gisait sur le flanc, les hélices en l'air, au milieu des eaux malodorantes, gorgées d'huile et de mazout. Des radeaux de sauvetage, des débris de bateaux et des hommes pataugeaient dans cette nappe visqueuse, sous des nuages de fumée noire.

Le *West Virginia*, juste à côté de l'*Arizona,* était en feu. Debout dans la chaloupe, l'officier s'apprêtait à monter à bord de son navire tandis qu'au-dessus, sur le *Westy*, comme ils le surnommaient, des hommes acclamaient son retour. D'en bas, Adam essaya de scruter leurs visages pour voir si son père se trouvait parmi eux, mais il était trop loin pour distinguer clairement leurs traits.

Il grimpa l'échelle derrière l'officier. Arrivé sur

le pont principal, il se mit à parcourir le bâtiment d'un bout à l'autre en interrogeant tous ceux qu'il croisait.

– Pelko ? demandait-il. Quelqu'un a vu le lieutenant Pelko ?

Les marins le regardaient d'un air ébahi et poursuivaient leur chemin.

Il longea des couloirs sombres et étroits, descendit des échelles, en remonta d'autres… Brusquement, une secousse ébranla tout le navire. Il se sentit projeté en avant et se retrouva par terre, sous une pluie de débris. Il avait l'impression que de grosses pierres déboulaient sur les ponts. Les hommes criaient. Tout s'effondrait, se disloquait. Le bruit était assourdissant, comme si on démolissait le navire au pilon.

Dans un couloir, un marin ouvrit à la hache une malle de munitions fermée à clé et lui jeta une boîte dans les mains avec ordre de suivre l'homme devant lui. Dehors, sur le pont, un Noir accroupi derrière deux mitrailleuses tirait sur les avions qui attaquaient. Une nouvelle secousse ébranla le pont. Adam lâcha la boîte. A travers une brume rouge, il vit tomber autour de lui des fragments du navire mêlés à des débris humains… Un pied, un bras… Il glissa sur une flaque de sang… et s'enfuit précipitamment par l'échelle. La chaloupe était toujours là.

Chapitre 13

La chaloupe avait calé. Le barreur, un bout de cigare aux lèvres, s'acharnait sur le moteur.

– Hé, mon gars, cria-t-il à Adam qui venait de sauter dans le bateau, passe-moi cette clé !

Il le prenait pour un marin, ce qu'il était peut-être, après tout, du moins pour l'instant – en tout cas, il n'était plus le même qu'au début de la journée.

La chaloupe se trouvait juste au-dessous d'une ancre énorme qui branlait chaque fois qu'une bombe tombait. Finalement, l'équipage réussit à remettre le moteur en marche et ils partirent à la recherche des survivants.

Tandis qu'ils passaient à bâbord de l'*Oklahoma*, renversé lui aussi, un homme qui avait trouvé le moyen de s'échapper par un hublot, sortit la tête de l'eau. Les yeux exorbités, les cheveux plaqués en arrière, il ressemblait à un phoque. Il refusa de monter dans la chaloupe et insista pour retourner vers son navire, en disant que ses camarades étaient dedans et qu'il allait les attendre. Berman, le barreur, coupa les gaz et essaya de l'en dissuader. Puis, comme personne d'autre ne sortait du navire et que, malgré cela, l'homme refusait de monter dans la chaloupe, ils finirent par l'abandonner.

De petits bateaux éparpillés à travers le port récupéraient les hommes qui sautaient des navires en feu. Des plaques de mazout s'étalaient partout comme des îles flottantes à la surface de l'eau. Adam secondait Rinaldi, le marin qui l'avait tiré dans la chaloupe et, dès qu'ils repéraient quelqu'un dans l'eau, ils lui jetaient une corde, une bouée ou un grappin. Les hommes qu'ils repêchaient étaient noirs de mazout – parfois on ne voyait que leurs yeux – et Adam scrutait chacun de ces visages avec l'espoir de retrouver son père.

Certains rescapés refusaient l'aide, préférant rejoindre le rivage à la nage. D'autres étaient si gravement brûlés qu'on pouvait à peine les toucher. Une fois, alors qu'Adam aidait l'un d'eux à monter dans le bateau, la peau du brûlé lui resta dans la main. Pris d'un haut-le-cœur, il vomit par-dessus bord, et regarda Rinaldi, honteux.

– C'est pas grave, mon pote.

Des hommes s'effondraient sur le pont, le corps tordu par la douleur, pouvant à peine parler. L'un d'eux, qui avait une horrible blessure au côté, n'arrêtait pas de les remercier en leur disant qu'il devait retourner sur son navire.

Berman mâchonnait toujours son bout de cigare éteint et pestait sans discontinuer, tantôt contre les Japs, tantôt contre les Américains – les amiraux, les généraux et le haut commandement. Pourquoi n'étaient-ils pas au courant de cette attaque ? Comment se faisait-il qu'ils ne l'aient pas empêchée ? Où était l'amiral ? Le derrière calé dans un bon fauteuil, sans doute, en train de prendre le thé… Qu'on l'amène ici, qu'il voie un peu ce qui se passait ! Sûrement que ça lui plairait de fourrer son nez là-dedans !

Un homme avec un énorme tatouage sur les bras s'accrocha au bord de la chaloupe. Il balbutia trois mots en regardant Adam et en hochant la tête dans sa direction comme s'il le connaissait – Adam crut entendre le mot « garçon » – et, aussitôt après, l'inconnu sombra sous l'eau pour ne plus remonter.

Rien dans sa vie n'avait préparé Adam à tout ça : aux estropiés, aux blessés, aux morts qu'on laissait flotter dans l'eau. Il avait lu des tas de choses sur la guerre. Mais l'idée qu'il s'en faisait était bien différente. Jamais il n'avait imaginé ça… Pour lui, la guerre était un combat propre, juste, un combat d'égal à égal où le meilleur gagnait. Aucun discours, aucun livre ne lui avaient jamais appris que la guerre, c'était ça : la puanteur, le sang et la mort !

Lorsque la chaloupe fut pleine, ils se dirigèrent vers les docks. A l'île Ford, les hommes suffisamment valides partirent à pied, les autres furent transportés sur des civières.

La base aéronavale était détruite, les hangars brûlés – il n'en restait plus que les poutres. Tous les patrouilleurs PBY, dont Adam avait toujours pensé qu'ils ressemblaient à des dauphins, avaient été touchés et jonchaient le terrain d'aviation, réduits à de simples tas de ferraille. Des survivants à moitié nus continuaient à sortir des bateaux et à se hisser hors de l'eau.

Pendant que Rinaldi guidait un homme aveuglé par le mazout, Adam partit devant chercher du secours. Les médecins, débordés, couraient d'un blessé à l'autre. Adam réussit finalement à en arrêter un qui lui indiqua un bâtiment de l'autre côté du terrain d'aviation

– Si votre homme peut marcher, emmenez-le là-bas.

Ils étaient presque arrivés à l'endroit indiqué quand retentit un hurlement de sirène. Ils s'abritèrent aussitôt derrière un mur. Près d'eux, des marins sortaient les mitrailleuses des épaves des avions et les installaient. La sirène continuait à hurler, mais on ne voyait venir aucun avion ni tomber aucune bombe.

– Ne restons pas là, mon pote, lui conseilla Rinaldi.

Un hôpital de fortune avait été installé dans le mess, une grande pièce déjà remplie de blessés allongés sur les tables ou à même le sol. Les morts étaient empilés sous une fenêtre.

Adam parcourut la salle en examinant tous les visages : il espérait toujours retrouver son père. Les blessés l'appelaient au passage pour lui demander de l'eau. Heureux d'avoir quelque chose à faire, il trouva un évier et des gobelets en carton et leur servit à boire.

Chapitre 14

Au moment où ils quittaient le bâtiment, un sergent de l'infanterie de marine – uniforme impeccable et revolver à la ceinture – interpella Rinaldi et Adam :

– Où allez-vous comme ça, les gars ?

– Nous sommes de la Navy, répondit Rinaldi, pas de l'infanterie de marine.

– Eh bien, à partir de maintenant, vous êtes des marines. Vous savez marcher ? Tenir un fusil ? Alors, là-bas, avec les autres volontaires ! ajouta-t-il en désignant un groupe d'hommes.

Rinaldi regarda Adam et haussa les épaules. Le sergent donna un coup de sifflet.

– En rang ! De la tenue, que diable ! Je sais que vous êtes tous cuisiniers ou employés de bureau. Vous pensiez peut-être travailler dans un club de loisirs mais, ici, c'est la guerre, et nous formons une compagnie de combat ! Alors, oubliez ce que vous étiez. A présent, vous êtes des marines.

Pendant que le sergent parlait, Adam observait le ciel obscurci par la fumée. Les batteries anti aériennes, en pleine action, tiraient sans discontinuer. Mais la voix du sergent dominait le grondement des armes :

– Pour commencer, une bonne toilette ! (Il ne parlait pas, il hurlait.) Je veux que vous ayez l'air de marines. Suivez-moi ! Au pas de course !

Il se mit à courir et le peloton lui emboîta le pas. Adam restait collé à Rinaldi. Il voulait lui expliquer qu'il n'était pas à sa place ici, mais ne savait pas comment s'y prendre. Quand ils découvriraient qu'il n'était qu'un gamin, ils le renverraient. A moins qu'ils n'aient besoin d'hommes de troupe. Pour l'instant, mieux valait ne rien dire : tant qu'il était là, il avait une chance de retrouver son père.

Le sergent les lâcha dans une caserne de la marine.

– Maintenant nettoyez-vous et trouvez des vêtements. Prenez tout ce dont vous avez besoin, c'est gratuit.

La caserne avait déjà été fouillée de fond en comble : il ne restait que des cantines vides dont le contenu – vêtements, literie, livres, bouteilles – était éparpillé sur le sol. Ils trouvèrent des serviettes de toilette, mais il n'y avait pas d'eau courante et, tout ce qu'ils réussissaient à faire, c'était étaler le mazout sur leur peau.

– Il faudrait du diluant, dit Rinaldi.

En cherchant bien, il réussit à dénicher une bouteille d'après-rasage Aqua Velva.

– Voilà qui fera l'affaire.

Il s'inonda de lotion, la passa à Adam, puis lui jeta une chemise de travail bleue et un pantalon.

– Qu'est-il arrivé à ton dos, mon pote ? On dirait que tu es passé à travers des fils barbelés.

– Une balle, répondit-il.

– Elle t'a juste éraflé, tu as de la chance.

Adam se frotta vigoureusement les bras pour enlever le mazout, et prit soudain conscience de l'étrangeté de sa situation. Que faisait-il donc là, dans cette caserne, couvert de mazout, avec la chemise et le pantalon d'un autre ?

Mais, dans l'armée, on ne posait pas de questions. Il était là parce qu'il était là, un point c'est tout. Il avait d'ailleurs le sentiment que tout ce qui lui était arrivé depuis le matin *devait* arriver.

La chemise lui allait à peu près, sauf les manches qui étaient trop courtes. Le pantalon était à sa taille. Il trouva des chaussettes mais pas de godillots, alors il mit une paire de chaussures de ville noires. Pour terminer, Rinaldi lui colla une casquette de marin sur la tête.

– Tenue réglementaire, mon pote !

Rinaldi portait la sienne en arrière. Adam se regarda rapidement dans une glace, puis repoussa sa casquette à la manière de son compagnon, qui hocha la tête d'un air approbateur.

– Maintenant tu ressembles à quelque chose.

A peine étaient-ils dehors que les sirènes se déchaînèrent à nouveau. Ils sautèrent dans un fossé et attendirent des bombes qui ne vinrent pas. Et là, au fond de ce fossé, parmi les odeurs mêlées de terre et d'Aqua Velva, Adam fut pris d'un fou rire, au point de ne plus pouvoir s'arrêter. Pourquoi cette soudaine envie de rire ? L'endroit n'avait pourtant rien de drôle, et la situation encore moins. Peut-être riait-il parce qu'il était vivant. On lui avait tiré dessus et il était passé au travers des balles, comme dans un dessin animé… comme Popeye.

Ou peut-être riait-il de se retrouver ainsi transformé en marin. Suffisait-il donc d'enfiler un uniforme pour devenir un marin ? Non, pas dans un monde normal, mais tout était chamboulé aujourd'hui. Peut-être riait-il sans raison, ou parce que, justement, le monde avait perdu la raison. A côté de lui, Rinaldi se mit à rire aussi.

– Alors, les gars, qu'est-ce qu'il y a de drôle ?

Le sergent était debout au-dessus d'eux.

– Allons, remuez-vous !

Ils se levèrent d'un bond et rejoignirent les autres.

– A droite, alignement ! A gauche, alignement ! A gauche, gauche ! En avant… marche !

Ils avancèrent d'abord au pas redoublé, puis au pas de course. Adam heurta l'homme qui était devant lui et lui marcha sur les talons. Rinaldi sourit en roulant des yeux d'un air indulgent.

Arrivés à l'arsenal, les homme reçurent un fusil, un Springfield de calibre 30 à culasse mobile, muni d'une bretelle. Certains semblaient n'avoir jamais vu de fusil de leur vie. Adam connaissait le 22 long rifle, mais celui qu'on lui donna pesait une tonne. Pour se le mettre bien en main, il essaya le viseur, puis regarda Rinaldi remplir le chargeur et l'imita. Après quoi il enclencha le cran de sûreté et passa son fusil en bandoulière.

Le sergent les fit marcher au pas jusqu'à la plage et choisit dix hommes pour monter la garde. Tous les autres embarquèrent à bord d'une chaloupe qui les emmena de l'autre côté du port, vers l'entrée principale. Les avions ennemis étaient partis, mais la défense antiaérienne tirait toujours. Quand ils passèrent devant l'*Oklahoma*, les opérations de sauvetage se poursuivaient : des ouvriers armés de torches découpaient des trous dans la coque et essayaient d'atteindre les marins enfermés à l'intérieur. Mais il n'y avait pas d'ouvriers ni d'opérations de sauvetage autour de l'*Arizona*, qui semblait avoir sombré encore plus profondément dans la baie. Seul son pavillon flottait encore sur la poupe.

Adam se revoyait parcourant le navire avec ses parents qui voulaient le présenter à tout le monde. Tous ces hommes alignés sur les ponts, marins et officiers au garde-à-vous dans leurs uniformes resplendissants… Où étaient-ils maintenant ?

Pendant un moment, personne ne dit un mot. Puis les langues se délièrent et, à tour de rôle, les marins racontèrent leur petite histoire :

– Quand les avions sont arrivés, j'étais au pieu, dit l'un.

– Moi, je buvais ma première tasse de café, dit un autre.

– J'avais mis mon pantalon blanc et je m'apprêtais à aller à l'église, raconta un troisième.

Et ainsi de suite. Il y en avait même un qui se trouvait aux toilettes au moment de l'attaque.

– Tout ça, les gars, c'est l'Histoire avec un grand H, affirma le sergent. Vous le raconterez plus tard à vos enfants, si vous vivez assez longtemps, alors soyez vigilants. L'ennemi n'est pas loin. Les avions japonais pourraient revenir d'un moment à l'autre.

Tout le monde se remit à parler, chacun y allant de son commentaire :

– Les Japonais peuvent atterrir où ils veulent… qui va les en empêcher ?

– Ils sont peut-être déjà à Honolulu, en train d'embrasser leurs cousins.

– J'ai entendu qu'ils avaient lâché des parachutistes sur le Punchbowl.

Le Punchbowl. Adam pensa à sa sœur et à sa mère seules dans leur petite maison. Les Japs, les Japs, toujours les Japs… Il en avait assez d'entendre ces mots. Mais quand il pensait à son père, il était pris, lui aussi, d'une envie de tuer. Il avait les nerfs à vif.

Chapitre 15

À l'entrée du port, c'était la cohue. La circulation était bloquée dans les deux sens. Des ouvriers civils, la plupart japonais, s'agglutinaient autour de chaque véhicule qui réussissait à passer pour essayer de se faire emmener et créaient du même coup de nouveaux bouchons.

– Reculez, tout le monde ! hurla le sergent. Dégagez la porte ! En arrière ! En arrière !

Il fit mettre l'escouade en rang et, fusils levés, ils commencèrent à repousser la foule sur les côtés. Les gens finirent par s'écarter mais ils étaient en colère.

– Pourquoi faites-vous ça ? Nous ne sommes pas des ennemis !

– Où sont les bus ?

– Des bombes tombent sur Honolulu !

– On veut rentrer chez nous.

Une fois la porte dégagée, les véhicules recommencèrent à circuler. Le sergent prit alors Rinaldi et deux hommes pour décharger les mitrailleuses d'un camion et laissa Tom, un vieux sergent de réserve, diriger le reste des opérations.

– Espacez-vous un peu, les gars, ordonna ce dernier. Vous avez entendu le sergent. Nous devons surveiller ces gens.

Adam se plaça en bordure de la route, prêt à tirer. Depuis qu'il avait appris que les parachutistes japonais étaient sur le Punchbowl, il savait qu'il devait rentrer chez lui. Toutes les deux minutes, il faisait quelques pas de plus pour s'éloigner de la porte et, à chaque pas, il se demandait s'il avait raison de partir. Que dirait son père ? « Tu abandonnes ton poste ! » Et que diraient Rinaldi et le sergent ? Il continuait à avancer. C'était normal de se soucier de sa mère et de sa sœur… mais n'était-ce pas aussi une façon de se trouver des excuses ?

Il se retournait de temps en temps pour s'assurer que personne ne le regardait et s'éloignait de plus en plus de la porte. A côté de lui, un camion avançait lentement.

– Vous allez à Honolulu ? demanda-t-il par la fenêtre ouverte.

Le chauffeur était japonais. Il aurait presque pu être le frère aîné de Davi. Il avait le même air endormi.

– Honolulu… oui, répondit-il.

La cabine et l'arrière du camion étaient bondés.

– Monte, matelot. Un garde armé, ça peut me servir. Je ne sais pas ce qui m'attend plus loin.

Quelle chance ! Adam sauta à l'arrière du camion. Les civils lui firent de la place.

– De quel bateau viens-tu, matelot ? demanda une femme.

Elle portait une salopette, une chemise et un foulard de couleur vive noué sous le menton.

Adam hésita un moment.

– Du *Westy*, répondit-il.

Un homme – pas plus grand qu'Adam – le regardait avec insistance, lui et son fusil, comme s'il le soupçonnait d'être un faux marin. Adam fronça les sourcils et se détourna en prenant un air absorbé.

La route était encombrée de véhicules, et le camion s'arrêtait souvent. Chaque fois que la circulation se débloquait, les passagers s'impatientaient :

– Allez, vas-y ! Avance ! criaient-ils au chauffeur.

Et, chaque fois, celui-ci tendait la main par la fenêtre et leur faisait signe de se calmer.

– Minute, vous autres !

Puis, le camion s'étant de nouveau arrêté, il appela Adam :

– Hé, matelot ! Mets-toi vers l'avant, près de la

cabine. Si tu vois un avion japonais, donne un grand coup sur le toit.

– O.K., je regarde, répondit-il, les yeux fixés sur l'horizon.

C'était important de garder le camion, en effet, et de surveiller le ciel. Si un avion ennemi approchait, il frapperait de toutes ses forces sur le toit de la cabine. On pouvait compter sur lui. Il avertirait tout le monde et les sauverait tous.

Il n'était pas loin de midi et le ciel était comme une plaque de métal chauffée à blanc. Dès qu'il voyait un oiseau passer entre les arbres, son cœur se mettait à battre. Appuyé contre la paroi de la cabine, il observait ainsi les oiseaux lorsque surgit soudain un avion de chasse japonais – un Zéro qui lui parut plus grand que le ciel tout entier.

Adam cogna sur le toit. Les gens quittèrent précipitamment le camion et, sans savoir comment, il se retrouva perché sur la cabine, le fusil en joue, en train de tirer frénétiquement.

Les cartouches vides rebondissaient sur la tôle. L'odeur de la poudre, la pression du fusil contre son épaule le mettaient dans un tel état d'excitation qu'il en tremblait. Il continua à tirer même quand les avions eurent disparu. On aurait dit qu'il ne pouvait plus s'arrêter.

– Hé ! lui cria le chauffeur. Qu'est-ce que tu fais là-haut ? Il est parti, descends !

Les gens sortaient des fossés. Adam se laissa glisser du haut de la cabine et sauta à terre. Il avait la tête en feu, et le cœur également. Il marcha sur le bas-côté de la route, le fusil levé, prêt à tirer à la moindre alerte. Ils passèrent devant une voiture dont toutes les vitres avaient volé en éclats et, un peu plus loin, il entendit une fusillade. Il épaula plusieurs fois, mais les avions ne revinrent pas.

Pendant quelque temps, le camion et lui avancèrent à la même allure, mais ensuite il le dépassa et le chauffeur l'appela par la fenêtre :

– Allez, monte, dépêche-toi !

Adam lui fit signe de continuer. Il était encore trop tendu pour retourner dans le camion et préférait marcher.

Chapitre 16

Adam marchait en plein soleil. Le ciel était vide comme une feuille de papier où on aurait tout effacé : la fumée, les avions, toute trace de l'attaque avait disparu. Des voitures avaient été abandonnées ici et là. Il entendait encore quelques tirs et, de temps en temps, une explosion, au loin, semblable à un grondement de tonnerre. Une fois, il vit un avion tomber en vrille – peut-être celui sur lequel il avait tiré. Une mince spirale de fumée s'éleva au-dessus des arbres. Cela lui rappela certains étés où il avait campé dans les montagnes et la fumée du feu de camp qui montait entre les branches.

Cherchant un endroit pour se soulager, il s'enfonça dans un chemin. Un enjoliveur planté dans un tronc d'arbre attira son attention et, là, juste à côté, au milieu d'un bosquet de bambous, il aperçut une Jeep. La clé de contact était encore dessus.

– Ohé ! cria-t-il. Il y a quelqu'un ?

Il espérait avoir trouvé un moyen de transport, mais, personne ne répondant à son appel, il se dit qu'il avait dû arriver quelque chose au conducteur. Il fouilla les buissons en appelant et en faisant beaucoup de bruit pour signaler sa présence.

– Ohé ! Ohé !

Sans résultat.

Il examina la Jeep de près. Pas de sang. Pas de traces de balles. Il s'installa derrière le volant, posa son fusil sur le siège d'à côté et essaya les vitesses. Pas de problème, il pouvait la conduire. Il tira le starter, le repoussa, tourna la clé de contact et, dès que le voyant s'alluma, il actionna le démarreur. Après deux ou trois toussotements, le moteur se mit en route.

Il roula quelques mètres, recula et donna un grand coup de Klaxon. Il attendit un moment, klaxonna une deuxième fois puis, ne voyant rien venir, il avança jusqu'à la route. Personne à l'horizon, pas une voiture. Rien que des champs de canne à sucre des deux côtés.

Il passa devant des bâtiments bas et des entrepôts. Les deux mains posées sur le volant, il roulait doucement, sans se presser, et regardait le paysage en imaginant que la Jeep lui appartenait. Soudain, devant lui, au milieu de la route, il aperçut un homme vêtu d'une combinaison bleu vif et de ce qui semblait être un harnais de parachute. L'homme accourut vers la Jeep. Adam sentit sa gorge se serrer. « Un parachutiste japonais », se dit-il. Il pensa d'abord repartir en marche arrière, mais il ne savait plus comment changer les vitesses… Alors, il appuya à fond sur l'accélérateur.

La voiture bondit en avant et fonça droit sur l'inconnu, qui fit un bond de côté en criant :

– Vous êtes soûl ou quoi ? Vous avez failli me tuer !

Adam donna un violent coup de frein. Le véhicule dérapa avant de s'immobiliser sur le bas-côté. Il resta là, assis, tout tremblant, incapable de faire le moindre mouvement. Il pouvait à peine parler.

L'homme s'approcha, menaçant.

– Qui êtes-vous ?

– Adam…, balbutia-t-il. Adam Pelko.

– Pelko ? fit l'homme en regardant le fusil puis le garçon. Eh bien, c'est le jour des émotions, pas vrai, Pelko ?

Adam acquiesça d'un hochement de tête.

– Je croyais… enfin… vous étiez au milieu de la route, et…

– … Tu as une cigarette, Pelko ?

Il secoua la tête.

– J'ai fumé toutes les miennes. Tu es sûr que tu n'en as pas ? Je meurs d'envie de fumer.

– Non, monsieur.

– Arrête avec tes « monsieur » ! On est pareils, toi et moi, sauf que tu t'appelles Pelko et que moi, je m'appelle Brown. Où vas-tu, Pelko ?

– A Honolulu.

– Eh bien, je t'accompagne.

Ils remirent la Jeep sur la route en la poussant. Trop secoué pour reprendre le volant, Adam proposa à Brown de conduire.

– Pas de problème. Mais ce serait mieux si tu mettais ce fusil derrière, qu'en penses-tu ?

Adam posa le fusil et la cartouchière sur le siège arrière et s'assit près du conducteur. Pendant le trajet, Brown devint de plus en plus bavard. Il était basé à Hickman Field, et ce matin – « entre tous », dit-il – il était allé faire un tour avec un ami pilote, juste pour le plaisir.

– Tu parles d'un plaisir ! A peine dans le ciel, voilà qu'on se trouve entourés d'avions ! Je vois ce pilote japonais qui me regarde... je le regarde aussi et, tout d'un coup, notre avion est touché ! Quand je pense que je ne voulais même pas mettre mon parachute... « A quoi ça sert ? » avais-je dit à mon ami. Et il m'avait répondu : « Mets-le, Brown, ou tu restes au sol. » Il m'a sauvé la vie.

L'homme resta un moment silencieux.

– Mais lui, je crois qu'il y est resté.

Chapitre 17

Ils arrivèrent à Honolulu au milieu de l'après-midi. Le moteur avait donné des signes de faiblesse en cours de route mais, malgré quelques ratés, Brown s'était débrouillé pour l'empêcher de caler en jouant sur le starter et l'accélérateur. Il n'avait pas envie de s'arrêter et Adam non plus.

Honolulu ressemblait à un champ de bataille. L'armée était partout : les marines sur le toit du bâtiment du téléphone, et les camions militaires dans les rues – il y avait même un tank.

La Jeep finit par caler pour de bon dans Hotel Street. Ils la poussèrent sur le trottoir et Brown, la tête sous le capot, commença à tripoter le moteur. Hotel Street était la rue des bars et autres lieux de perdition, celle où les parents d'Adam lui avaient interdit d'aller. Maintenant, elle était envahie par les véhicules de la police militaire. Adam se méfiait de la police militaire. Il avait peur qu'on le remarque et redoutait les questions du genre : « Quelle est ton unité, matelot ? Où as-tu trouvé cette Jeep ? Et ce fusil ? »

Il resta un moment à contempler la vitrine d'un magasin de l'armée, où les marins et les soldats venaient acheter leurs insignes et les faisaient coudre sur leurs uniformes. Il se sentait mal à l'aise dans cet environnement. Il avait hâte de repartir et de rentrer à la maison.

– Alors, tu as trouvé ?

– Je renonce, dit Brown en refermant le capot avant de donner quelques coups de pied rageurs dans la Jeep. Allons voir si on peut trouver un bus pour nous ramener à la base.

– Moi, je vais par là, dit Adam en indiquant la direction opposée.

Brown haussa les épaules.

– Comme tu veux. Alors, salut !

Et ils se séparèrent.

Adam prit son fusil. Il souhaitait le garder mais ne voulait pas attirer l'attention. Sous le porche d'un magasin vide, il retira sa chemise, y enveloppa le fusil et la cartouchière, puis s'en alla avec son paquet sous le bras.

A mesure qu'il s'éloignait du centre-ville, il retrouvait les rues bordées d'arbres et avait l'impression d'entrer dans un autre monde : un monde sans bombes, mais trop paisible, trop calme, trop ordinaire… La crainte d'une nouvelle attaque l'incitait à la prudence et il marchait en surveillant le ciel, sans s'écarter des bâtiments pour pouvoir s'abriter à la première alerte. Au moindre coup de Klaxon, son cœur faisait un bond ; si une porte claquait, il se précipitait derrière une haie.

Des groupes de gens bavardaient à tous les coins de rue tandis que, devant les portes, on entassait des caisses et des lits dans les voitures. Un garçon à vélo passa à toute vitesse en criant :

– Ne buvez pas l'eau, elle est empoisonnée ! Ils l'ont dit à la radio.

On entendait aussi parler de couvre-feu et de black-out.

– Hé, matelot ! cria quelqu'un. (Adam vérifia la position de sa casquette.) Ça roule dans le centre ?

– Non, y a des embouteillages.

Lorsque, enfin, il atteignit Punchbowl Street, la nuit tombait. Il était tout près de chez lui maintenant, et il se mit à courir. En arrivant, il cacha le fusil dans les buissons près de la maison et renfila sa chemise.

Chapitre 18

La maison était plongée dans l'obscurité et la porte d'entrée fermée à clé. Adam essaya celle de derrière, mais elle était également fermée, tout comme les fenêtres et les rideaux. Où étaient donc sa mère et sa sœur ? Était-il arrivé quelque chose ? Il retourna de l'autre côté et se mit à tambouriner sur la porte d'entrée en appelant à grands cris :

– Maman ! Béa ! Maman !

La porte s'entrouvrit enfin.

– Qui est là ? murmura une voix.

La porte restait entrebâillée. Pourquoi ne le laissait-on pas entrer ? C'était sa maison tout de même !

– Où est ma mère ? s'impatienta-t-il. Où est ma sœur ? Qui êtes-vous ?

– Chut !

Il vit trembloter une lumière et aperçut vaguement un visage.

– Qui êtes-vous ? répéta-t-il.

Puis une autre voix – qu'il reconnut cette fois – dit :

– C'est Adam. Laissez-le entrer, Janet.

C'était Mme Parker, leur voisine, et la femme qui tenait la porte était Mme Collins, une autre voisine.

– Oh, c'est Adam ! fit-elle, surprise. Tous ces cris… j'ai cru que c'étaient des Japonais, poursuivit-elle à voix basse. (Elle était armée d'un club de golf.) On a entendu tellement de choses à la radio !

Mme Parker intervint alors et, d'un geste énergique, la poussa sur le côté.

– Janet, voyons, cessez de lui raconter des histoires et laissez-le entrer ! Allez prévenir Marilyn que son fils est revenu. Notre petit héros est de retour !

– Que se passe-t-il ? s'enquit Adam. Maman va bien ?

– Elle est en train de mettre Béa en pyjama. Elle s'est fait un souci monstre pour toi, Adam… Allez, viens, dit-elle en lui prenant le bras.

Il s'arrêta, médusé, à l'entrée du séjour : la pièce était pleine de femmes et d'enfants, les uns munis d'une pelle, les autres d'un bâton. Une torche dessinait des ronds de lumière au plafond… C'était hallucinant. Il eut soudain l'impression que, revenant après une longue absence, il avait oublié où il vivait et s'était trompé de maison.

Mais Béa surgit tout à coup et lui sauta au cou. Sa mère était là aussi et l'étreignit avec émotion.

– Où étais-tu ? Je t'ai attendu toute la journée… Jamais aucune journée ne m'a paru aussi longue. Avec ces bombes qui tombaient… ton père là-bas… et toi Dieu sait où… (Elle s'écarta de lui.) Tu te rends compte de ce que j'ai enduré ?

Elle se laissa tomber dans un fauteuil.

– Maman…

Il ne savait pas comment expliquer, ni même par où commencer.

– Je suis désolé, maman…

– … Désolé…

Pour cacher son embarras, Adam attrapa Béa et la prit dans ses bras.

– Tu as mangé ton sucre d'orge ?

C'était stupide, mais il ne trouvait rien de mieux à dire.

– Je t'en ai gardé un bout. Tu es marin ? demanda-t-elle en lui enlevant sa casquette pour la mettre sur sa tête.

Sa mère, toujours assise, avait porté la main à sa bouche.

– Maman… Je suis désolé.

Il se sentait désemparé. Il voulait tout lui raconter : la balle qui l'avait touché, le navire de son père, mais il n'en avait pas le courage.

– Que font tous ces gens ici, maman ?

– Nous nous défendons, répondit-elle en ramassant un marteau. Ridicule, n'est-ce pas ? Adam, tu sens une drôle d'odeur… Qu'est-ce que c'est ?

– Du mazout probablement.

– Du mazout ? Où étais-tu donc passé ?

– Je te raconterai…

Il était si fatigué qu'il ne pouvait pas parler. Il réussit tout juste à se débarbouiller et à se changer avant de s'effondrer sur son lit.

Il ne pensait pas avoir dormi mais, quand il se réveilla, tout le monde avait disparu, sauf Béa qui était couchée et sa mère, assise dans le noir sur une petite chaise d'enfant, près de la porte d'entrée.

Il alla s'asseoir par terre, à côté d'elle. La porte était ouverte et ils regardèrent les éclairs des tirs d'artillerie et les obus traçants qui traversaient le ciel comme des étoiles filantes. Au bout d'un moment, elle rompit le silence :

– Maintenant, dis-moi où tu as passé la journée.

– J'ai commencé par aller à la pêche.

– A la pêche ! Tu ne disais pas ça sur ton petit mot.

– J'y suis allé avec Davi… tu sais, ce garçon de ma classe.

– Le garçon japonais ?

– Oui.

– D'accord. Et puis ensuite ? Tu as pêché toute la journée ?

– Nous sommes allés à Pearl Harbor.

– Pearl Harbor ? fit-elle, avant de réaliser ce qu'il venait de dire. Pearl Harbor ! Tu étais là-bas ?

Jusque-là, Adam avait bien tenu le coup – sauf une fois où il avait vomi. Mais maintenant, avec la main de sa mère sur son épaule, sa voix tremblait et il s'en voulait. Il ne fallait pas qu'il craque.

– Oui, dit-il. Oui, nous étions à Pearl. Nous étions sur l'eau quand l'attaque a commencé.

Il avait envie de tout lui raconter : tout ce qu'il avait vu, toutes ces horreurs… Il voulait que sa mère l'admire. Mais il entendait encore la voix de son père : « Pas devant ta mère. » Il y avait des choses dont on ne parlait pas devant les femmes.

Il essaya de faire le tri entre les choses qu'il pouvait dire et celles qu'il devait taire.

– Nous avons trouvé un canot, commença-t-il.

Ensuite, il ne put s'arrêter. Il raconta tout – enfin, presque tout : le moment où l'attaque avait commencé, les bombardiers, la blessure de Martin, Davi qui s'était fait taper dessus… Il s'interrompit un instant en se rappelant qu'il avait essayé de jeter son ami par-dessus bord. Comment pouvait-il avouer ça ?

Sa mère fumait, ce qui lui arrivait rarement.

– Continue, dit-elle. Je sais, de toute façon. Je ne vais pas m'effondrer.

Alors, il lui décrivit les navires en flammes, l'*Oklahoma* renversé, la reprise des bombardements tandis qu'il se trouvait sur le *West Virginia*, puis la chaloupe et les hommes qu'ils avaient repêchés dans le port… Il ne parla pas de l'*Arizona*. Il savait ce qu'il avait vu mais, s'il n'en parlait pas, il pouvait presque croire, ou du moins espérer que ce n'était pas vrai.

– Et le navire de ton père ? Tu l'as vu ?

Mais sans attendre la réponse, elle ajouta :

– Je sais. J'ai vu les avions. Tout le monde à Honolulu sait ce qui s'est passé. Toute la flotte a disparu.

– Pas toute la flotte.

– Le bateau de ton père a été coulé.

– Maman, nous ne sommes sûrs de rien. Il y avait beaucoup de survivants. Papa était peut-être sur un autre navire… Peut-être qu'il est sain et sauf.

– Sain et sauf ? répéta-t-elle en fermant les yeux un moment. Tu as raison. Je ne serai sûre de rien tant que la marine ne m'aura pas informée.

Elle réussit à garder son sang-froid jusqu'au moment où Adam lui demanda de regarder son dos.

– Qu'est-ce que c'est ? s'écria-t-elle en voyant sa blessure.

– Une simple éraflure, maman.

– Non, ton dos est tout écorché.

Elle tamponna la plaie avec de l'eau oxygénée. La brûlure du désinfectant le fit tressaillir.

– Pardon. Comment est-ce arrivé, Adam ? Je veux savoir.

– Ne t'inquiète pas, maman. C'est une balle. Ils ont mitraillé le canot et…

– Une balle ? Ils vous ont tiré dessus ?… (Là, elle fondit en larmes.) C'est trop. C'est vraiment trop… Je n'en peux plus.

Chapitre 19

Ce fut une longue nuit. Les tirs ne cessaient pas et, le plus effrayant, c'est qu'on ne savait pas qui tirait, ni où se déroulaient les combats. Adam sursautait au moindre bruissement des palmiers, imaginant l'ennemi tapi dans les parages. Il sortit chercher son fusil. Seule la lune éclairait son chemin. Il n'y avait aucune lumière nulle part si ce n'est les arcs roses que décrivaient les obus traçants dans le ciel. La ville était plongée dans l'obscurité complète : Honolulu semblait avoir disparu.

En rentrant, il s'assit à côté de sa mère, près de la porte ouverte, et lui montra le fusil et le chargeur.

– Fais attention, lui dit-elle tandis qu'il chargeait son arme. Mets la sûreté.

– Je sais.

– Oui, bien sûr, tu sais..., soupira-t-elle. Ton

père t'a bien formé. Mais je n'y peux rien, ça me rend nerveuse. Je ne veux pas que ce fusil traîne n'importe où.

– D'accord, maman.

Il l'emporta dans sa chambre et le rangea sur une étagère en haut de son placard, puis expliqua à sa mère où il l'avait mis. Elle fumait de nouveau.

– Donne-moi une bouffée, dit-il en tendant la main.

– Depuis quand fumes-tu ? demanda-t-elle, mais elle le laissa prendre sa cigarette. Cache l'extrémité allumée, sinon le préposé à la défense passive va nous rappeler à l'ordre.

Ils restèrent là, assis, se passant la cigarette à tour de rôle.

– Adam, tu devrais aller te recoucher. Tu ne te rends même pas compte à quel point tu es fatigué.

Il s'allongea par terre, près de la porte. Dehors les longues feuilles du bananier frémissaient dans le vent. Adam avait du mal à trouver une position confortable, mais il ne voulait pas quitter sa mère. Des images défilaient dans sa tête comme sur un écran de cinéma : l'eau… les navires… un bateau qui se balançait… des hommes sous l'eau comme des poissons…

Il se réveilla en sursaut et se redressa comme un ressort. Sa mère l'avait recouvert d'une couverture. La lune avait disparu, les nuages s'étaient dissipés et, tout là-haut, il voyait les étoiles lointaines et froides.

– Tu es réveillé ? demanda sa mère.

Elle avait préparé du thé et l'avait apporté sur un plateau avec des biscuits et de la confiture.

– On est lundi matin. Nous aurons peut-être des nouvelles dans quelques heures. Je pense que ton père nous fera parvenir un message. Je crois qu'il est vivant. Je le sens.

Il acquiesça. Lui aussi le croyait. Il entendait déjà le téléphone sonner et la voix de son père : « Adam, je suis blessé, mais ce n'est pas grave. Comment allez-vous, les enfants ? Passe-moi ta mère. »

Un chien aboya au loin, et puis des oiseaux se mirent à gazouiller comme chaque matin. Béa chantonnait toute seule dans sa chambre. Sa mère commença à préparer le petit déjeuner.

– Allume la radio, dit-elle. C'est bientôt l'heure des informations.

La radio se trouvait dans le séjour, à côté du fauteuil de son père. Il mit le volume assez fort pour que sa mère puisse l'entendre de la cuisine, puis revint près d'elle.

– Je peux t'aider ?

– Tu n'as qu'à faire le jus d'orange.

Il prit le presse-fruits en verre dans le placard, coupa six oranges en deux, aligna les moitiés, puis commença à les presser une par une. Il n'écoutait la radio que d'une oreille lorsque sa mère s'exclama :

– Adam, écoute ! C'est le président Roosevelt.

– Hier, le 7 décembre 1941…

La voix du président, lente et mesurée, résonnait dans toute la maison. Adam avait l'impression qu'elle venait d'en haut, comme si Dieu lui-même leur parlait.

– … une date qui restera à jamais marquée par l'infamie… les États-Unis d'Amérique ont été attaqués brutalement et délibérément par les forces navales et aériennes de l'empire du Japon.

Sa mère prit une chaise, et Adam resta debout derrière elle, les mains posées sur ses épaules. Il écouta avec toute son attention. Jamais il n'oublierait ce discours. Chaque mot, chaque silence resterait gravé dans sa mémoire. Il imaginait le président – avec ses lunettes à monture métallique, son visage allongé, plein de bonté – assis, les jambes sous une couverture, son petit chien Fala à côté de lui. Adam avait l'impression qu'il s'adressait à lui personnellement.

– L'attaque, hier, sur les îles hawaiiennes, a causé de graves dommages à nos forces navales et militaires. Un grand nombre d'Américains y ont perdu la vie.

C'était vrai. Adam pouvait en témoigner : il

avait vu les corps flotter sur l'eau. Maintenant que le président l'avait annoncé, tout le monde le savait.

Sa mère ne disait rien. Elle écoutait, tête baissée. Il la plaignait de tout son cœur, comme il plaignait toute sa famille, y compris lui-même. Ils restèrent ainsi, sans bouger, et écoutèrent le président Roosevelt jusqu'à la fin.

– Je demande au Congrès de déclarer que, depuis l'infâme agression japonaise du dimanche 7 décembre, les États-Unis et l'empire du Japon sont en guerre.

Chapitre 20

Les jours qui suivirent furent étranges et atrocement longs, non qu'il se passât grand-chose mais, au contraire, parce qu'il ne se passait presque rien. On vivait dans l'attente. La radio était allumée en permanence, et la mère d'Adam était toujours au téléphone avec les autres femmes de marins.

– Des rumeurs, dit-elle à Adam, c'est tout ce que j'entends.

– Des ragots.

Elle confirma d'un hochement de tête.

– Pas un seul fait, dit-elle.

Ce qui était certain, en revanche, c'était l'état de guerre. L'armée avait pris le contrôle du pays et la loi martiale était en vigueur dans l'ensemble de l'archipel. Tout était fermé : les banques, les écoles, les administrations. Un appel pour les dons de sang avait été lancé et la mère d'Adam y avait répondu. Ça, c'étaient des faits. Et, pendant ce temps, des ouvriers découpaient des trous dans la coque de l'*Oklahoma* pour essayer de sauver les hommes enfermés à l'intérieur. Chaque fois que lui et sa mère entendaient parler d'un sauvetage, ils reprenaient espoir.

Tout le reste n'était que rumeurs, notamment les histoires concernant les civils japonais. Selon certains, ils utilisaient leurs voitures pour bloquer la circulation sur Kamehameha Highway. On racontait aussi que les pêcheurs adressaient des signaux à la flotte japonaise au large de la côte, ou encore que les parachutistes japonais avaient déjà atterri…

Certaines de ces histoires étaient si fantaisistes qu'elles en devenaient risibles, comme celle des chiens dressés pour aboyer en morse, qui envoyaient soi-disant des messages aux sous-marins japonais. Même la mère d'Adam en riait.

– Comment veux-tu qu'on prenne ça au sérieux ? J'ai l'impression qu'on a affaire à une bande d'écervelés, dit-elle. Bien sûr, les Japonais pourraient débarquer, mais comment pourraient-ils soutenir des troupes de débarquement ? Comment feraient-ils pour les approvisionner en vivres et en munitions ? Tout cela ne tient pas debout. Un raid aérien, c'est une chose, mais ça…

Adam croyait entendre un des discours de son père sur la stratégie militaire et les règles de la guerre. Sa mère avait l'air tout aussi catégorique à présent, et si on voulait la contredire mieux valait avoir de solides arguments.

Un matin, Mme Parker surgit de la haie entre leurs deux maisons pour annoncer qu'elle avait eu des nouvelles de son mari. Elle en était si excitée qu'elle avait du mal à s'exprimer.

– Je lui ai parlé, Marilyn ! Il va bien... Il n'était pas sur son navire... Il était au quartier général quand le raid a eu lieu. Il n'a pas la moindre égratignure... Il a tout vu d'une fenêtre.

– Quel bonheur, dit Mme Pelko.

L'expression de Mme Parker changea.

– Marilyn, c'est peut-être un signe. Je lui ai dit de se renseigner pour Emory. Tu verras... Tu auras bientôt de bonnes nouvelles, toi aussi, j'en suis sûre.

– Oui, merci, répondit-elle machinalement.

Si elle avait versé la moindre larme, elle l'avait essuyée tout de suite, car Adam ne la vit pas pleurer. Elle continuait à lui dire qu'il fallait attendre.

– On ne sait pas, répétait-elle, et on ne sera sûrs de rien tant que la marine ne nous aura pas informés. En tout cas, pas un mot à Béa.

Mais la fillette ne posa pas une seule question au sujet de son père. Elle était habituée à ses absences. La personne qui lui manquait le plus, c'était Koniko, qui avait disparu après l'attaque.

– Quand est-ce qu'elle va revenir ? demanda-t-elle. Qui va jouer avec moi ? Adam, tu joueras avec moi ?

Et elle lui tendit d'office un costume de danseuse destiné à une de ses poupées en papier. Mais, apparemment, son frère n'était pas aussi doué que Koniko pour habiller les poupées.

– Tu ne l'as pas bien mise, se plaignit-elle. C'est pas comme Koniko. Où est Koniko, maman ?

– Les bus ne marchent pas cette semaine, répondit sa mère en jetant un regard entendu à Adam. Koniko reviendra bientôt.

Un avion passa au-dessus d'eux. Ils tendirent l'oreille.

– C'est pas un Japonais, dit Béa en regardant Adam.

– Bravo, grosse tête ! fit-il en riant.

Et, aussitôt, il pensa à Davi... et à Martin aussi. Comment allaient-ils ? Il avait envie de les revoir, mais il ne voulait pas quitter sa mère tant qu'on était sans nouvelles de son père. Il verrait Davi à l'école, plus tard, quand elle rouvrirait.

Il dormait dans la chambre de sa mère maintenant, sur le lit pliant près de la porte. Il avait caché le fusil sous son lit.

– Pourquoi tu dors là ? demanda Béa, le premier soir.

– Pour te garder.

– Tu es le chien de garde ?

– C'est ça, je suis M. Chien-de-garde.

Béa se mit à rire. Avec elle, il était toujours difficile de garder son sérieux, tant son rire était communicatif. Et ça, au moins, ça n'avait pas changé.

Une semaine après l'attaque, Adam alla cher cher la pelle d'Hideko dans la cabane à outils. Sa fatigue avait disparu et il éprouvait le besoin de s'activer. Il commença à creuser un abri antiaérien dans le jardin, comme on le leur avait conseillé. C'était un travail plus dur qu'il ne l'avait cru et il dut s'interrompre à plusieurs reprises. Appuyé sur la pelle, il se prenait à rêver en regardant les ombres des palmiers qui se balançaient au-dessus du toit.

Davi était la première personne qui lui ait parlé de la lumière. Adam n'y avait jamais songé auparavant. Il n'avait jamais pensé à l'air non plus, ni au fait qu'il pouvait respirer. Mais n'était-ce pas merveilleux de pouvoir respirer ?... Il se rappelait Martin avec ce morceau de bois planté dans la poitrine, qui bougeait à chaque respiration.

Et puis il pensa à son père prisonnier de l'*Arizona*... à lui et à tous ces hommes en train de suffoquer dans le noir. Il remplit ses poumons et respira à fond plusieurs fois de suite. Il ne s'en lassait pas.

Chapitre 21

– Je t'ai cru mort, lui dit Davi.

Il était dans la cour, là où son père avait réparé le vélo.

« Drôle d'accueil », pensa Adam.

– Je t'ai cru mort, répéta-t-il.

– Pas de chance, me revoilà !

Adam rajusta sa casquette de marin, s'imaginant que Davi allait peut-être commenter cette nouvelle acquisition. Il s'attendait aussi à des questions sur ce qui lui était arrivé, mais Davi ne dit rien. Rien d'autre que cette petite phrase qu'il répéta avec un malin plaisir pour la troisième fois :

– Je t'ai cru mort.

Déjà, la première fois, ce n'était pas drôle… Maintenant, ça l'était encore moins. Mais Davi souriait, et son sourire s'élargissait.

– Alors, que s'est-il passé ? finit par demander Adam. Martin va bien ?

– Comment ça, « bien » ? Il a failli mourir ! Il est toujours à l'hôpital.

– Ah bon ? Je ne savais pas. Ils ont réussi à retirer ce morceau de bois ?

– Ce morceau de bois ! Il l'avait en plein dans le cœur ! Mais qu'est-ce que tu en as à faire ? Il n'est rien pour toi, hein ? C'est qu'un asiate ! Nous sommes tous des asiates, pas vrai ?

Adam retira sa casquette d'un geste rageur et la fit claquer contre sa jambe.

– Mais enfin, qu'est-ce que tu as ?

Davi haussa les épaules et resta là, à casser des brindilles qu'il jetait ensuite par terre. Adam fit une nouvelle tentative.

– Et toi ? On dirait que tu t'en es bien sorti.

– Oh, ouais, grogna Davi, je suis en pleine forme.

Il tourna sur lui-même, puis esquissa quelques mouvements de jujitsu en terminant par un coup de pied qui s'arrêta juste sous le menton d'Adam.

– Hé, ça va pas ou quoi ! s'écria Adam en reculant d'un bond.

Davi donna un autre coup de pied dans le tas de brindilles devant lui, puis dans la roue d'un chariot.

– Tu as quelque chose contre moi ? insista Adam qui savait pourtant très bien ce qu'il en était. Si c'est à cause de ce que j'ai fait dans le bateau, j'en suis désolé. J'ai perdu les pédales.

– Pour sûr, tu es désolé ! Comme dit mon père, c'est « un geste malheureux »… N'en parlons plus.

Adam jeta sa casquette par terre.

– Tu veux me frapper ? Vas-y, ne te gêne pas, défoule-toi ! Qu'on en finisse !

Davi le regarda.

– Ce serait trop facile.

– Écoute, Davi, reprit-il en ramassant sa casquette. N'importe qui peut faire une erreur. A moins d'être parfait, comme toi.

Pas le moindre sourire. Rien. Davi se contenta de lui lancer un de ses regards perçants.

– Ouais, dit-il. Mon erreur, à moi, c'est d'être japonais.

– Oh, arrête ! Ce n'est pas ça…

– Pas pour toi, peut-être… Mais que sais-tu de ce que je vis ? demanda-t-il en se plantant devant lui. Est-ce que les gens font des réflexions quand tu marches dans la rue ? Est-ce qu'ils te crachent dessus ? Est-ce qu'ils te traitent de sale jaune ?

– C'est dégueulasse !

– Je ne mens pas. (Il attrapa le bras d'Adam pour le mettre à côté du sien.) Regarde-toi et regarde-moi. Tu trouves que je suis jaune ? Tu trouves que tu es blanc ? Les nuages sont blancs, les citrons sont jaunes. Qu'est-ce que vous avez dans la tête, les *haole* ? Ce n'est tout de même pas moi qui ai attaqué Pearl Harbor.

– Je n'ai jamais dit une chose pareille.

Davi le regarda avec un sourire sarcastique.

– Ouais... et ce n'est pas toi qui as essayé de me sortir du bateau...

– Je t'ai dit que j'étais désolé. Tu veux que je te le redise ? Je suis désolé. Je suis désolé...

– Tais-toi !

Là-dessus, il s'éloigna, revint sur ses pas, puis ajouta :

– On a emmené mon père.

Adam revoyait cet homme doux qui avait réparé son vélo et refusé ensuite de se faire payer.

– Ton père ? Qui l'a emmené ? Pourquoi ?

– Des hommes du gouvernement : une bande d'*haole* du FBI. Ils ont débarqué au petit matin. Ils ont dit à mon père qu'il avait cinq minutes, et ils l'ont embarqué sans même lui donner le temps de prendre sa brosse à dents.

– C'est sûrement une erreur. Ton père n'a jamais rien fait de mal. Pourquoi auraient-ils agi ainsi ?

– Il est japonais, voilà tout ! Il a vécu vingt ans dans ce pays et on ne lui a même pas permis de devenir citoyen américain. Alors, il est japonais. Et parce qu'il est retourné au Japon une ou deux fois voir mes oncles, ils disent que c'est un espion. Ou qu'il pourrait en être un. Ils l'ont enfermé derrière des barbelés à Sand Island.

– Davi, je suis sûr que c'est une erreur. Ce n'est pas possible !

– Je ne t'en veux pas, finit-il par dire. Enfin, pas vraiment. Plus maintenant. Tu sais à qui j'en veux ? Au Japon, pour avoir commencé la guerre. L'empire du Japon !... Je le déteste à cause de ça.

Adam hocha la tête.

– Je suis désolé pour ton père.

Le moment était venu de raconter à Davi ce qui était arrivé à son père à lui, mais c'était au-dessus de ses forces. Il en avait trop gros sur le cœur pour pouvoir en parler. Même si M. Mori n'était pas encore rentré chez lui, au moins sa famille savait qu'il était vivant et où il était. Adam, lui, ne savait rien.

En allant voir Martin à l'hôpital, ils traversèrent le quartier de Davi. Adam remarqua qu'il y avait quelque chose de changé dans ces rues étroites et grouillantes de monde. Il ne comprit pas tout de suite quoi. On y croisait toujours autant de Japonais mais ces ruelles, habituellement si bruyantes et colorées, étaient devenues étrangement calmes. Les bannières, les enseignes, tous les objets typiquement japonais avaient disparu : plus de portraits de l'empereur, plus d'épées de samouraï dans les vitrines. Même les femmes étaient différentes. Elles portaient toutes des robes de style occidental. Plus de kimonos ni de sandales. C'était comme si personne ne voulait plus avoir l'air japonais.

Martin trônait comme un prince sur son lit d'hôpital. Sa mère s'empressait auprès de lui, et son père, assis près de la fenêtre, mangeait des graines de tournesol en crachant les coquilles dans ses mains.

Martin n'avait pas l'air malade. Il avait l'air heureux.

– Davi ! Adam ! Maman, tu connais Davi. L'autre, c'est Adam, mon copain *haole*. J'ai jamais vu personne ramer comme lui. Embrasse-le, maman, et Davi aussi.

La mère de Martin les serra dans ses bras l'un après l'autre et les embrassa sur la joue.

– C'est gentil de venir voir mon fils !

Martin ouvrit sa chemise pour montrer sa cicatrice.

– Le bout de bois est passé tout près du cœur. Il l'a manqué de ça, dit-il (joignant le geste à la parole, il mit deux doigts côte à côte). Oui, je vous mens pas, aussi près que ça !

Sa mère plaquait ses mains sur ses oreilles pour ne pas entendre.

Ensuite, il voulut comparer sa blessure à celle d'Adam.

– Montre à mes parents où tu as reçu une balle.

– Je n'ai pas vraiment été touché, corrigea-t-il. Elle m'a seulement éraflé.

– Comment donc ? protesta Martin. Tu as été blessé comme moi ! Une balle t'a touché... Pas vrai, Davi ?

Il insista tellement qu'Adam finit par soulever sa chemise pour que tout le monde puisse voir son dos.

– Tu as vu ça, maman ? Un *haole* qui résiste aux balles ! Elles rebondissent sur lui. C'est le dieu-cochon qui le protège. Adam et Martin auront une médaille de guerre. Et Davi, rien du tout ! Vous savez pourquoi il n'a pas été touché, lui ? Ils ont regardé en bas (Martin allongea le cou pour imiter le pilote, puis fit un bruit d'avion) : « Oh, c'est Davi Mori !... J'peux pas tuer mon cousin ! »

– Tais-toi, dit Davi. Faut pas plaisanter avec ça !

Une minute après, ils étaient assis l'un à côté de l'autre sur le lit. Le père de Martin voulut prendre une photo.

– Adam, viens te mettre avec nous, dit Martin. O.K., papa !

– Souriez, les garçons, dit la mère.

Chapitre 22

Adam et sa mère attendaient. C'était tout ce qu'ils faisaient : attendre. Attendre qu'on leur dise quelque chose. Attendre des nouvelles de son père.

L'attente commençait dès le réveil et, le soir, au moment de s'endormir, Adam attendait encore.

Toute la journée, le tic-tac de la pendule rythmait ces heures d'angoisse : tic tac, tic tac… Adam n'arrivait pas à sortir ce bruit de sa tête. Il le détestait.

Chaque jour apportait maintenant son lot de nouvelles, et elles n'étaient jamais bonnes. Il n'était question que de navires détruits, du nombre de blessés ou de morts… Le *Nevada* s'était échoué, l'*Utah* avait été coulé et l'*Arizona* avait sombré si vite que les huit ou neuf cents hommes qui étaient à l'intérieur avaient péri en un instant.

Tic tac, tic tac, faisait la pendule et, pour Adam,

chaque seconde sans nouvelles de son père était comme une porte qui se fermait.

Un matin, ayant entendu sa mère faire les cent pas durant la nuit, il décida de retourner à la base. Il ne supportait plus de rester là, à attendre. Il fallait qu'il y retourne... qu'il découvre quelque chose... n'importe quoi. Tout valait mieux que cette incertitude.

Il laissa un mot pour sa mère : « Je vais me renseigner au sujet de papa. Ne t'inquiète pas. Je ne ferai pas de bêtise. »

Il enfila sa chemise bleue et sa salopette de marin, sans oublier ses chaussures noires et sa casquette – sa casquette porte-bonheur. La chance lui sourit, en effet : il trouva un camion transportant des journaux qui le conduisit jusqu'à Pearl.

A la porte de la ville, Adam s'imaginait qu'il pourrait passer à pied sans problème grâce à sa tenue de marin, mais les gardes arrêtaient tout le monde.

– Carte d'identité, demanda l'un d'eux.

– Je vais voir mon père.

– Peu m'importe. Carte d'identité !

– Mon père travaille là, répéta-t-il. Je vous en prie, laissez-moi entrer...

– Il me faut une carte d'identité.

– ... il était sur l'*Arizona*.

– Ah..., fit l'autre en levant les mains. Écoute, petit, je ne peux rien faire pour toi.

– Lieutenant Pelko, insista Adam dans l'espoir que le garde finirait par céder.

– Désolé, matelot.

Il attendit le changement de gardes et essaya de nouveau. Il resta toute la journée près de la porte en espérant voir quelqu'un qu'il connaissait – peut-être Rinaldi ou le sergent, ou même l'officier du *West Virginia*.

Un Chinois avec des appareils photo autour du cou entra et sortit plusieurs fois. Tout le monde semblait le connaître et personne ne lui demandait sa carte d'identité, à lui. Une fois, il s'arrêta et prit des photos de la porte et des gardes. Il était sur une moto à trois roues et portait un casque colonial. Vers midi, il apporta des sandwiches aux gardes et en donna un à Adam.

– Merci, fit-il en réalisant soudain qu'il avait faim.

– Tu attends quelqu'un ? demanda l'homme.

– J'essaie d'avoir des nouvelles de mon père. Il était sur l'*Arizona*. Pouvez-vous me faire entrer ?

L'homme, qui s'apprêtait à prendre une photo, leva les yeux.

– Je vais demander.

Il se dirigea vers la porte et parla au garde.

Celui-ci regarda Adam et fit non de la tête.

Une ou deux fois, Adam eut envie de risquer le tout pour le tout et de passer en courant. Avec un peu de chance, il retrouverait peut-être le canot quelque part sur la rive. Il s'imaginait déjà ramant en direction de l'*Arizona*...

Il fit une nouvelle tentative auprès du garde :

– Vous connaissez le sergent qui était ici le dimanche de l'attaque ? J'étais avec lui. (Il montra les sacs de sable et les fusils près de l'entrée.) C'est nous qui avons fait ça. Je cherche ce sergent. Il vous dira qui je suis. Il se souviendra de moi.

– Quel est son nom ?

– Je ne sais pas. Mais il a une grosse voix. Il criait beaucoup.

– Si vous croyez que ça m'aide ! grogna le garde. Tous les sergents de l'infanterie de marine correspondent à cette description. Vous feriez mieux d'attendre là. Reculez.

Le jour commençait à tomber quand Adam se décida à rentrer.

Au bout de deux semaines, Koniko revint travailler chez eux. Elle était en robe blanche, pas en kimono, mais elle apporta des fleurs comme elle le faisait toujours.

– Madame Pelko, j'ai honte de venir.

– Oh non, Koniko. Pourquoi dites-vous ça ?

– A cause de l'attaque japonaise.

– Koniko, vous nous avez manqué. Nous sommes heureux que vous soyez revenue.

– C'était lequel, le navire de ton père ? demanda Davi.

Ils étaient sur les hauteurs et contemplaient la rade. Ils revenaient chercher leurs vélos.

Adam pointa son doigt vers le port. L'*Arizona* avait presque entièrement disparu. Seule une petite partie de la superstructure émergeait encore de l'eau.

C'était la première fois qu'il revoyait le port depuis le jour de l'attaque. Des fumées s'élevaient encore de la baie, mais des fumées légères, comme celles qui montent des cheminées. Le port semblait froid, lointain et étrangement calme.

– On n'a aucune nouvelle de mon père, dit Adam.

Davi le regarda.

– Ah bon ? Vraiment aucune ?

Adam secoua la tête.

– Vous en aurez peut-être bientôt.

– Peut-être…

Pourquoi avait-il dit ça ? Il savait bien que ce n'était pas vrai ! Il s'était menti à lui-même. Il avait prié, espéré, cru qu'ils auraient encore des nouvelles de son père. Tout comme sa mère. Mais il n'était pas dupe. Cela durait depuis trop longtemps maintenant. Il était sur place au moment de l'attaque... Il avait vu les corps flotter dans la baie... Il avait vu l'*Arizona*. Il le savait. La moitié de l'équipage était encore dedans, enfermé, prisonnier. Mort.

Mort. Son père était *mort*. Disparu. Il était au fond de l'eau, dans l'*Arizona*... Adam avait beau se répéter ces mots, ils semblaient vides de sens. Et ils le resteraient toujours.

Chapitre 23

Un télégraphiste de la Western Union arriva à vélo et tendit un télégramme à la mère d'Adam.

Elle s'assit, commença à ouvrir l'enveloppe jaune, puis se ravisa et la tendit à son fils.

– Ouvre-la, Adam.

Il prit l'enveloppe.

Il avait déjà vu ces enveloppes jaunes : sa mère recevait les vœux de sa sœur du Wisconsin à chacun de ses anniversaires, et pour leur anniversaire de mariage ses parents avaient toujours des télégrammes de leurs amis.

Il y avait quelque chose de spécial dans un télégramme, quelque chose d'important, d'urgent, d'irréfutable.

Il ouvrit l'enveloppe et déplia la feuille jaune sur laquelle étaient collées de longues bandes de papier couvertes de lettres bleues :

LE MINISTRE DE LA GUERRE A LE PROFOND REGRET DE VOUS ANNONCER QUE VOTRE MARI LE LIEUTENANT EMORY J. PELKO EST PORTÉ DISPARU À PEARL HARBOR DEPUIS L'ATTAQUE DU 7 DÉCEMBRE 41.

LETTRE DE CONFIRMATION SUIT.

J.-A. ULIO, CHEF D'ÉTAT-MAJOR

Les mots vacillaient devant ses yeux.

– Lis-la-moi, ordonna sa mère.

– Le ministre de la Guerre…

Il lut d'un ton monocorde, comme à l'école. Les mots sortaient mécaniquement de sa bouche, les uns derrière les autres.

– … a le profond regret de vous annoncer que votre mari, le lieutenant Emory J. Pelko, est porté disparu à Pearl Harbor depuis l'attaque du 7 décembre 41. Lettre de confirmation suit. J.-A. Ulio, chef d'état-major.

– Porté disparu, dit sa mère.

Elle restait là, les lèvres serrées, les bras croisés sur la poitrine, les mains crispées sur ses épaules.

– Porté disparu, répéta-t-elle.

Porté disparu… cela signifiait peut-être que tout n'était pas perdu, qu'il y avait encore une chance, un petit espoir.

Mais il savait, en réalité, qu'il n'y avait plus d'espoir.

Chapitre 24

Quand sa mère annonça à Adam que la marine renvoyait toutes les familles de militaires sur le continent, sa première pensée fut : non, il n'irait pas. Quitter son père, le laisser là, au fond de Pearl Harbor… Non, il ne pouvait pas, c'était trop horrible.

Mais où allait-il vivre ? Il entendait déjà sa mère posant cette question : « Comment vas-tu te débrouiller ? Qui te préparera tes repas ? »

Il habiterait chez Davi et dormirait dans sa chambre. Il mangerait avec la famille, trouverait un travail pour pouvoir les payer, et irait à l'école avec son ami.

– Maman…

Elle était en train de vider le placard de l'entrée et de remplir une malle.

– Maman, je vais rester ici, annonça Adam.

– Rester ici ? Que veux-tu dire ? (Elle lui tendit plusieurs couvertures.) Mets ça dans la malle.

– Je reste à Hawaii. Je ne veux pas partir.

Sa mère s'interrompit aussitôt et le contempla, sidérée.

– Tu crois vraiment que je te laisserais ici, Adam ?

– Pourquoi pas ? Tu laisses bien papa.

Il n'avait pas voulu le dire de cette façon. C'était trop brutal. Et quand il essaya de lui expliquer, cela ne fit qu'aggraver les choses.

– Papa est ici, et nous le laissons, cria-t-il. Nous l'abandonnons !

– Tu sais bien qu'on n'a pas le choix. Nous sommes dans la marine.

Elle lui reprit les couvertures et les mit dans la malle.

– Maman..., commença-t-il, cherchant des arguments pour la convaincre. (Il ne comprenait pas qu'ils puissent encore faire partie de la marine.) C'est seulement à cause de papa...

– Ne fais pas ça, supplia-t-elle, je t'en prie. (Elle le prit par les épaules et le regarda longuement dans les yeux.) Que ferais-je sans toi ? Tu me manquerais trop.

Ils repartirent sur un bâtiment de transport de troupes où s'entassaient pêle-mêle les familles de la marine, les employés et ouvriers travaillant pour la défense et les blessés les plus gravement atteints. Le départ se fit sans fanfares, ni bannières, ni grands adieux. Mais les marchandes de fleurs étaient là, comme d'habitude, avec leurs camions chargés de colliers multicolores. Adam en acheta quelques-uns et ils les enfilèrent tous autour du cou.

Debout près du bastingage, sa mère, sa petite sœur et lui restaient un peu à l'écart des autres passagers. Sa mère tenait Béa dans ses bras. Adam songeait à cette journée du 7 décembre. Il lui semblait avoir vécu une vie entière en l'espace d'un jour : parti le matin de chez lui à vélo, il était rentré le soir, un fusil sur l'épaule…

Il pensa à Rinaldi, à Brown, au sergent et à l'officier avec son bras en écharpe… Où étaient-ils en ce moment ?

Tandis que le bateau quittait le port, il se retourna vers la ville. Derrière Honolulu, de longs nuages en forme de cigares se profilaient au-dessus des Koolau Mountains. Il revit alors son père fumant le cigare – ce qui lui arrivait parfois quand il se sentait vraiment bien. Ce souvenir l'amusa et lui fit mal en même temps.

Mais le plus dur, c'était de l'imaginer enfermé dans ce navire. Cette image-là le ferait toujours souffrir. Son père et tous ces hommes morts à leur poste étaient des héros, disait-on. Des héros qui avaient fait des choses extraordinaires, qui avaient souffert jusqu'à la fin. Et c'était vrai. Mais quand il pensait à eux là-bas, au fond de l'eau, quand il pensait à la façon dont ils étaient morts, sans même avoir eu une chance de riposter, il n'éprouvait que de la douleur.

Honolulu et les plages s'aplatirent progressivement dans le lointain, et l'île ne fut bientôt plus qu'une ligne de montagnes à l'horizon.

– Comment imaginer tant de malheur dans un endroit aussi beau ? dit sa mère.

Lorsqu'ils passèrent devant Diamond Head, le vieux volcan, les gens laissèrent tomber leurs colliers de fleurs dans la mer. Ce geste était une promesse de retour. Adam lâcha son collier et le regarda s'en aller. « Au revoir, papa. »

Les fleurs formaient sur l'eau des radeaux colorés et, pendant un moment, toute la mer brilla de leur éclat. Puis, peu à peu, les couleurs s'estompèrent.

Note de l'auteur

Pearl Harbor est la pire défaite navale de l'histoire américaine. Si l'attaque proprement dite avait duré à peine deux heures, la guerre qui commença ce jour-là se prolongea pendant près de quatre ans. Peu de gens imaginaient qu'une petite nation aux ressources limitées comme le Japon puisse s'attaquer à une puissance de la taille des États-Unis.

La base navale de Pearl Harbor, où était stationnée la flotte du Pacifique, se trouvait sur l'île d'Oahu, la plus peuplée des huit îles hawaiiennes. Elle possédait d'énormes dépôts de carburant et de munitions et était entourée de plusieurs terrains d'aviation. Les forces militaires installées à Hawaii – armée, marine et infanterie de marine – représentaient au total cent mille personnes. Des navires et des avions patrouillaient régulièrement dans les eaux de l'archipel. Pearl Harbor était jugé imprenable.

La réussite de l'attaque japonaise reposait sur la discrétion, la surprise et la chance. Le 26 novembre

1941, après s'être rassemblée secrètement dans les eaux embrumées des îles Kuril, au nord du Japon, la flotte nipponne mit le cap sur Hawaii. Elle comprenait six porte-avions, deux cuirassés, des croiseurs, des destroyers et des navires ravitailleurs. Si elle avait été découverte, elle aurait fait demi-tour mais, malgré les milliers de kilomètres et les douze jours de traversée, elle ne fut jamais détectée.

La première des deux vagues d'assaut eut lieu à six heures. Les Japonais avaient choisi à dessein le dimanche parce que la flotte américaine du Pacifique, normalement en manœuvres durant la semaine, rentrait au port pour le week-end. Leur aviation disposait de trois cent soixante appareils, parmi lesquels des bombardiers de haute altitude, des bombardiers lance-torpilles et des bombardiers en piqué, ainsi que quarante-trois chasseurs Zéro. Les premières bombes frappèrent l'île Ford à huit heures moins cinq, et tous les terrains d'aviation américains autour de l'île furent attaqués presque en même temps. En quelques minutes, la défense aérienne de Pearl Harbor fut pratiquement détruite.

Deux mille quatre cent trois militaires américains périrent dans cette attaque – près de la moitié étaient sur l'*Arizona*, qui sombra en neuf minutes avec plus de mille hommes bloqués à l'intérieur. En comptant les blessés mais sans compter les victimes civiles, les pertes à Pearl Harbor se montèrent à près de trois mille cinq cents hommes pour les Américains, moins de cent pour les Japonais.

Cinq cuirassés américains furent coulés, trois destroyers et trois croiseurs légers, endommagés. Le Japon perdit un sous-marin et cinq mini-sous-marins qui exploraient les eaux autour de Pearl Harbor. La flotte japonaise elle-même échappa à toute détection.

Cent soixante-quatre avions américains furent détruits, presque tous au sol. En outre, cent cinquante-cinq furent sérieusement endommagés. Des vingt-neuf avions japonais qui ne purent regagner leurs porte-avions, la plupart furent abattus par les batteries antiaériennes et une poignée de pilotes de chasse.

Malgré le succès de l'attaque japonaise, celle-ci n'atteignit pas l'un de ses objectifs qui était la destruction de la flotte du Pacifique et l'immobilisation des forces américaines. Les Japonais ne réussirent pas à détruire les énormes réserves de carburant ni les chantiers de réparation navale de Pearl Harbor. Ainsi les dégâts furent-ils réparés à Hawaii et on ne fut pas obligé de renvoyer la flotte du Pacifique sur le continent. Par ailleurs, le port étant peu profond, les navires coulés purent être renfloués. Cela prit plusieurs années, mais finalement la marine américaine récupéra tous ses vaisseaux, sauf trois. Quatre-vingts pour cent de ses avions furent également sauvés

Pour le Japon, le contrecoup de cette attaque fut désastreux. La riposte américaine, en effet, ne se fit pas attendre. « Rappelez-vous Pearl Harbor » devenant le cri de ralliement de la guerre du Pacifique, la marine américaine lança sa première attaque sur les installations japonaises moins de deux mois plus tard et, en six mois, toute la flotte passait à l'offensive.

Le racisme antijaponais largement répandu chez les Américains a certainement facilité le succès de l'attaque de Pearl Harbor. Convaincus de leur supériorité par rapport aux Japonais, ils pensaient que le Japon n'oserait jamais attaquer les États-Unis et que, s'il le faisait, les Américains l'emporteraient facilement. En fait, l'armée américaine s'inquiétait moins d'une attaque aérienne ou navale que d'éventuelles opérations de sabotage menées par les Japonais vivant à Hawaii. Au moment de l'attaque, un tiers de la population d'Hawaii, soit cent soixante mille personnes, était d'ascendance japonaise. Il s'agissait d'immigrants qui vivaient et travaillaient à Hawaii depuis de nombreuses années mais à qui on refusait la citoyenneté, et de leurs enfants nés à Hawaii qui, eux, étaient citoyens américains.

Les hauts responsables de l'armée étaient persuadés que, en cas de guerre, les Japonais d'Hawaii soutiendraient leur pays et contrecarreraient les efforts de guerre. Pour réduire les risques de sabotage, l'armée avait fait aligner tous les avions américains en rangs serrés afin d'en assurer une meilleure surveillance, ce qui rendit finalement leur destruction plus facile. Dans les jours et les semaines qui suivirent l'attaque, les rumeurs de sabotage se multiplièrent.

Sur la côte Ouest des États-Unis, la même hystérie antijaponaise conduisit à l'internement en masse de cent dix mille Américains d'origine japonaise, dont la plupart étaient citoyens américains. Américains ou non, sur la côte Ouest, ils avaient une semaine pour liquider leurs biens. Avec un numéro autour du cou, ils étaient entassés dans des trains aux volets fermés et expédiés vers des camps d'internement, dans des régions désertes, où ils vivaient comme des prisonniers, entourés de fils barbelés et de miradors.

Il fut aussi question de prendre les mêmes dispositions à Hawaii, mais les Américains d'origine japonaise étaient trop nombreux et trop importants pour l'économie de l'archipel. Il y eut quelques arrestations, mais elles ne touchèrent qu'un pour cent de cette population.

En fait, on ne compta pas un seul cas de sabotage perpétré par des citoyens japonais durant la Seconde Guerre mondiale. Beaucoup de jeunes Américains d'origine japonaise participèrent même vaillamment à la défense des États-Unis. Lorsqu'une unité spéciale fut créée à Hawaii, plus de neuf mille cinq cents hommes, tous des Américains d'origine japonaise, se portèrent volontaires, et le 442e régiment d'infanterie devint l'unité la plus décorée de l'histoire militaire américaine. Il participa en Italie et en France aux combats les plus violents de la guerre et, en 1944, sauva les deux cent onze survivants du 141e bataillon, une unité texane encerclée par les Allemands, surnommée le Bataillon Perdu. Dans cette opération, le 442e régiment perdit deux cents hommes. Six cents autres furent blessés, ce qui représentait soixante pour cent des victimes.

Le racisme des Américains à l'égard de ses citoyens d'origine japonaise toucha également ceux d'origine africaine qui, dans la marine, étaient cantonnés dans des emplois subalternes. Mais l'un d'eux, Boris Miller, employé au mess sur le *West Virginia*, fut le premier héros américain de la Seconde Guerre mondiale. Au cours de l'attaque de Pearl Harbor, il s'empara de mitrailleuses et se battit si vaillamment qu'il fut décoré de la Navy Cross.

L'USS *Arizona*, qui sombra avec son équipage, gît toujours au fond de l'eau. Un mémorial a été construit au-dessus de l'épave en hommage aux victimes. Aujourd'hui encore, lorsque des gouttes de mazout remontent de la carcasse, certains disent que ce sont des larmes.

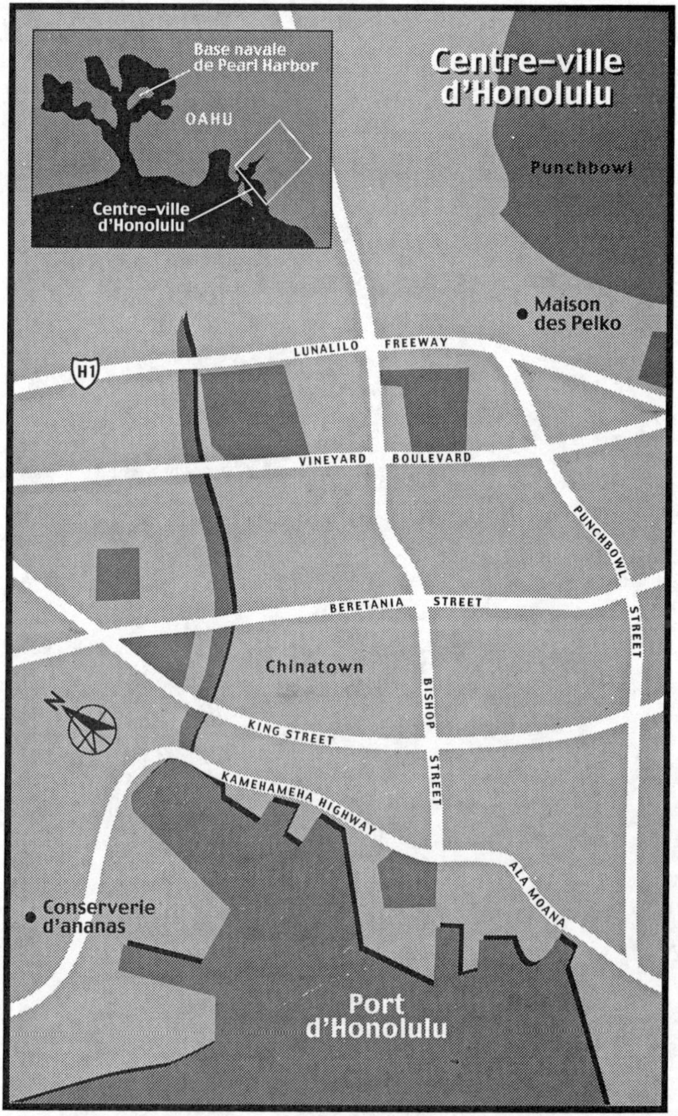
Centre-ville d'Honolulu
Base navale de Pearl Harbor
OAHU
Centre-ville d'Honolulu
Punchbowl
Maison des Pelko
H1
LUNALILO FREEWAY
VINEYARD BOULEVARD
PUNCHBOWL STREET
BERETANIA STREET
Chinatown
BISHOP STREET
KING STREET
KAMEHAMEHA HIGHWAY
ALA MOANA
Conserverie d'ananas
Port d'Honolulu

HARRY MAZER

L'AUTEUR

Harry Mazer vit aux États-Unis, dans l'État de New York. Il est l'auteur de plusieurs livres pour la jeunesse, récompensés par de nombreux prix. En 1941, il n'était encore qu'un enfant, mais l'attaque de Pearl Harbor l'a profondément marqué. A l'époque, comme Adam, il se passionnait pour les avions, les bateaux, l'armement... Ce n'est que plus tard qu'il a compris la gravité des événements et que lui est venue l'envie d'écrire sur ce sujet.

Mises en pages : Maryline Gatepaille

Loi n° 49-956 du 16 juillet 1949
sur les publications destinées à la jeunesse
ISBN : 2-07-053613-0
Numéro d'édition : 146490
Numéro d'impression : 80433
Dépôt légal : juillet 2006
1er dépôt légal : octobre 2002
Imprimé en France sur les presses
de la Société Nouvelle Firmin-Didot